妖魔と下僕の契約条件 5

槇野道流

角川文庫
23735

目次

プロローグ　7
一章　巻き戻された時間　20
二章　絡まった糸　66
三章　小さな手で　106
四章　役立たずの意地　146
五章　結びつく心　186
エピローグ　237

妖魔と下僕の契約条件

Characters

足達正路《あだちまさみち》

志望の大学に2回落ちて、現在浪人生。
優しいけれど、気弱で内向的な性格。
司野と「契約」を交わし、命を救われる。

辰巳司野《たつみしの》

人間離れした美貌の青年。
実は長年封印されていた力を持つ妖魔で、
現在は人間のフリをして、骨董店の店主をしている。

カギロイ（陽炎）

大人気の雅楽演奏家。正体は司野と
同じく妖魔で、司野の主《あるじ》・辰冬《ときふゆ》を死なせた
過去を持つ因縁の相手。

忘暁堂《ぼうぎょうどう》

司野が店主を務める骨董店。
付喪神が宿るものばかりを集めている。

イラスト／青井 秋

プロローグ

俺の名を、呼ぶ者がいる。

浅い眠りから浮上しようとして、その水面すれすれのところで、辰巳司野《たつみしの》は動きを止めた。

馬鹿馬鹿しい。

返事なぞ、する必要はない。

そもそもいつから、それが「俺の名」などと思うようになっていたのだ、俺は。

俺には……妖魔《ようま》には、名など必要ない。

俺の存在が、俺の力が、十二分に俺を俺たらしめている。

「……いや」

目を閉じたままで、司野は自分の口角が吊《つ》り上がり、歪《いびつ》な笑みを形作るのを感じた。

「今の俺は、そうではない」

声になるかならないかの微《かす》かな呟《つぶや》きは、酷《ひど》く苦く、みずからに対する嘲《あざけ》りに満ちていた。

千年あまり昔、都を震撼《しんかん》させるほど残忍な「人喰《ひとく》い鬼」だった彼は、たったひとりの陰陽師《おんみょうじ》に敗れ去った。

決して、真っ向勝負で負けたのではない。

普通に戦っていれば、彼は一分とかからず陰陽師の貧弱な痩軀《そうく》を引き裂き、血肉を貪《むさぼ》り、骨一本すら残さず平らげていたことだろう。

だが、彼は陰陽師が巧妙に張り巡らせた奸計《かんけい》に陥れられた。

無力な者、弱々しい者と嘲《あざけ》り、見下していた人間ひとりに、完膚なきまでにねじ伏せられたのだ。

「確かに、人は弱きものだ。故にこそ、知恵を武器とする。そして、お前のような強大な敵を相手に勝つことすらできるようになるのだよ。知恵は、ときに力に勝るのだ」

呪《しゅ》で縛られ、身動きすらままならぬ彼を見下ろし、その陰陽師は笑った。

だがそれは、勝ち誇った笑みではなかった。彼の柔らかな笑顔は、何故か、哀れみと慈しみに満ちていた。

それを見たときの戸惑いと、理由のわからない苛立《いらだ》ちを、今も彼は鮮やかに思い出すことができる。

その陰陽師……辰巳辰冬《ときふゆ》こそが、彼に「司野」という名を与えた男だった。

辰冬は、人間相手に敗北した妖魔を殺そうとはしなかった。

命名することで縛り、力を削《そ》ぎ、呪で練り上げた人間の姿の「器」に封じ込めて、妖魔を自分の式神《しきがみ》としたのである。

そして、危険な妖魔など殺すべきだと主張する人々を根気よく説得し、司野を手元に置いて使役することにした。

(使役……。あれを使役と呼ぶのかどうか、俺には未《いま》だわからんがな)

眠りの海に身を浸したまま、司野のシニカルな笑みが、ほんの少し和らぐ。

彼の瞼《まぶた》の裏に、遥《はる》か遠い日の思い出が不意に甦《よみがえ》ってきた。


「これッ！　逃げるでない。待て、司野！　主《あるじ》が待てと命じれば、即座に止まるのが式の務めであろうに！」


現代の基準でいえば相当に広い、しかし平安時代当時としては広大とは言い難い屋敷に、男の声と二人分の荒々しい足音が響き渡る。

どちらかといえば開放的な造りの建物であるだけに、防音性はそう高くない。たとえ庭があっても、こうした騒ぎは近隣の屋敷の住人たちに丸聞こえであっただろう。

司野にとっては忘れようもない、亡き主、辰巳辰冬の邸宅、そして彼の声だ。

薄暗い室内、冷たく滑らかな板の間、家じゅうに漂っていた、香と古い紙のにおい。

（これは夢、か。夢にも、こうも鮮やかに感覚が伴うものか）

軽く驚きながらも、司野はふと考えた。

おそらくこのまま夢を見続ければ、遠からず辰冬が姿を現すに違いない。

（奴の顔を見るのは、夢の中とて不愉快だ。目覚めるとしようか。……ああ、いや）

「誰が待つか！　止まってほしくば、呪で縛せばよかろうが！」

大声で言い返す声は、大昔の、しかし今と寸分違《たが》わぬ自分の声である。

こうしたやり取りは、辰冬の式神にされた頃にはあまりに日常茶飯事だった。この夢の中の自分が、何故、辰冬に追いかけられていたのかわからず、司野の胸に好奇心がこみ上げる。

起きるのはいったんやめにして、司野はどたどたと廊下を走る自分の裸足《はだし》を見、自分の怒鳴り声に耳を傾けた。

自分の姿を客観的に見ることができないのは、夢のくせに妙にリアルである。

司野は今、遠い日の自分の中から、思い出を追体験しているらしい。

ときおり、視界の中をヒラヒラする狩衣《かりぎぬ》は明らかに乱れ、乱れた長い髪が、顔や手にまとわりつく。

触覚も、全身の躍動感も、いやに鮮やかである。

横たわって眠っているはずの自分自身が、今まさに勢いよく屏風《びょうぶ》を蹴倒《けたお》し、棚から巻物を抜き取り、投げつけているようだ。

背後で辰冬が転倒したとおぼしきドターンという音が、今さらながらに痛快ですらあった。

「それでは、意味がないのだよ。あいたたた……お前の投げた巻物に足を取られ、尻《しり》をしたたかに打ってしもうたではないか。とはいえ、これでは埒《らち》が明かぬな」

言葉どおり、尻のあたりを片手でさすりながら廊下に姿を現したのは、狩衣にたすき掛けという何とも言えない姿の若い男だった。

陰陽寮に属する中堅どころの陰陽師、辰巳辰冬その人である。

長い廊下の突き当たりに至り、そのまま庭へ逃げようとした司野に向かって、辰冬は右手の人差し指と中指を立て、口元に当てた。

そうして何かを口の中で呟くと、司野の全身がビクンと痙攣《けいれん》し、硬直する。

廊下から地面へ飛び降りようとした姿勢のまま、指一本動かせなくなった司野に、辰冬はやれやれと力なく首を振り、息を乱しながらぼやいた。

「かような手荒い真似をしとうないゆえ言葉で頼んでおるというに、お前という子は」

司野を追いかけるうち、どこかで落としてきたのだろう。烏帽子《えぼし》のない頭に手をやり、長い髪をぞんざいに撫《な》でつける辰冬に、司野は必死で強張《こわば》る口と舌を動かし、やや不明瞭《ふめいりよう》な罵声《ばせい》で応じる。

「おい、汚いぞ！　呪で縛すとは！」

　司野が本来の姿であった頃なら、辺りの空気がビリビリと震えただろうが、人間の「器」に封じられた今は、単なる野良犬の吠《ほ》え声のようなものだ。辰冬は、汗ばんでいても涼しげな面持ちで言い返した。

「お前がそうせよと言うたのではないか。いささか物覚えが悪すぎるな」

「俺を馬鹿にするか！」

「わたしはお前を丁重に扱《あつこ》うておるつもりだがね。そもそも、主みずから式の身支度を整えるなど、破格の……」

「それが嫌だと言うておる！　もう我慢ならん。なんだ、この動きにくい衣は。それにこの髪も、ズルズルと長いばかりで、何の役にも立たぬではないか！　邪魔にもほどがある。見てくれなどどうでもいい、即刻、俺の頭を坊主に剃《そ》れ！　着るものなど要らぬ。どうしてもと吐《ぬ》かすなら、下穿《したば》き一枚で十分だ！」

　司野は片手片足を上げたランニングポーズのまま、滔々《とうとう》と不平を並べ立てる。

（おい……さすがに見苦しいぞ、俺よ。昔の俺は、こんなに野蛮だったか？）

　つい、辰冬に同情してしまいそうになって、司野は少々慌てて、夢の中の情景に意識を集中させた。

「いつまで子供のようなことを言うておるのだ。人の世のならいを受け入れ、慣れねば、人と共に暮らすことはままならぬよ。さ、来なさい」

辰冬は苦笑いでそう言うと、滑るような足取りで司野に歩み寄り、彼の乱れた髪をさらりと撫でた。だが司野は、主を凄《すさ》まじい目つきで睨《ね》めつけ、今の彼からは想像もできないほど粗野な口調で怒鳴った。

「俺は、生かしてくれなどとお前に頼んだことはないぞ、辰冬！　それどころか、幾度もさっさと調伏《ちょうぶく》しろと言うたであろうが。かように面倒なことをするくらいなら俺は」

「命を諦《あきら》めることは許さぬぞ、司野。人と共に生き続けることより他に、お前の償いの道はないのだ」

穏やかな口調とは裏腹に、辰冬の声には、鞭打《むちう》つような厳しい響きがあった。

さすがの司野も、ビクリとして口を閉じる。

「主をこうも困らせるものではないよ。来なさい、司野」

辰冬の最後の一声で、司野を縛めていた呪《いまし》が解ける。

ようやく自由の身になった司野は、爆発寸前の顔で、廊下に仁王立ちになった。

部屋の中へスタスタと引き上げていく主の貧弱な後ろ姿を、司野は憎々しげに睨《にら》みつけるだけだ。

辰冬の呪に縛られ、人間に危害を加えることは許されない司野には、主の背中に跳び蹴《げ》りをくらわせることすらできないのである。

文字どおり歯噛《はが》みしながらも、司野はいかにもいやいや、主について部屋に戻った。

「お前は癇癪持《かんしゃくも》ちでいけないね。もう少し、気をゆったり持ちなさい」

母親じみた口調でそう言い、辰冬は司野の狩衣の着付けを手際よく直した。そして、司野を円座に座らせて、自分は櫛《くし》を手に、司野の背後に膝《ひざ》をついた。そのまま、司野の背中まである髪を梳《くしけず》り始める。

もつれた長い髪を丁寧に解《ほぐ》しつつ、辰冬は、腕組みしてふんぞり返っている司野に言った。

「こうして櫛を通せば、どんな姫君にも劣らぬ見事な黒髪ではないか。今日は髻《もとどり》を結ってやろうかと思うたが、やはり惜しいな。一つ二つ結んで、垂らしておくとしよう」

「どうにでもしろ！」

「ああ、するとも」

司野の憎々しげな言い様を気にする様子もなく、辰冬は晴れやかな笑顔で頷《うなず》いた。

「式神の『器』を人の形で作ったのは初めてだったが、思うたよりよくできた。磨き甲斐《がい》があるというものだ」

今にも口笛を吹きそうに楽しげな顔つきで、辰冬はそう言った。司野は、いかにも不満げに鼻を鳴らす。

「人間の考えることはわからん。で、俺に着飾らせて、今日はどこへ連れ出そうというのだ？」

するとは辰冬は、ある男の名を口にした。司野が知る限り、辰冬と友達付き合いしているただひとりの人物である。

「あ奴の屋敷なら、お前ひとりで行けばよかろう」

司野は振り返ってそう言ったが、辰冬は真剣な面持ちで司野の髪を結びながら、

「そうはゆかぬ。今日はお前の用事だからな」と答えた。

「俺？　俺は人間に用などない」

すると、辰冬は司野のあごを指先で押しながら言った。

「前を向いていなさい。わたしはこれでなかなかに不器用なのだぞ。上手《うま》く結べぬではないか。……今日は、お前のための書を借りにゆくのだよ」

「書だと？」

「そうだ。あ奴の屋敷には、子らのために買い集めた絵巻物があるゆえ、もう使わぬものを借り受けることにした。お前に読み書きを教えるのに、ちょうどよかろうと思うてな」

平然と語られる辰冬の言葉に、司野は文字どおり目を剝《む》き、思わず身体ごと振り返ってしまった。

「馬鹿を言え！　どこの世界に、読み書きを習う妖魔《ようま》がいるものか。そのようなもの、俺には必要ない！」

辰冬は片手に櫛を持ったまま、軽く肩を竦《すく》めてみせる。

「おや？　お前は、未知のものを拒むような、怯懦《きょうだ》な妖《あやか》しなのかね」

「辰冬、お前は、俺を臆病者《おくびょうもの》呼ばわりするつもりかっ！」

「お前が本当に勇敢だというなら、何ひとつ拒むことなく受け入れ、立ち向かい、乗り越えてみせよ」

辰冬は静かにそう言って、憤る司野の額に落ちかかるほつれ毛を、そっと後ろへ撫でつけた。主《あるじ》に無造作に触れられて、司野はびくりと身を硬くする。だが辰冬は、穏やかに微笑してこう続けた。

「読み書きでも楽《がく》でも、好き嫌いを言わず、一度は学び、身につけてみなさい。それから、それが己に必要か否かを判断すればいい。人間と違い、お前には時間がたっぷりあるのだから。そして、心を豊かに育てるのだ。今のお前が決してあると認めぬ心をね」

そして、司野が何か言い返すのを許さず、辰冬は立ち上がって宣言した。

「お前の支度はできた。次は、私の支度をお前が手伝う番だ。手始めに、屋敷のどこかで落としてしまった烏帽子《えぼし》を探してきておくれ」

司野。

司野、司野ってば。

うるさい。しつこく呼ぶな。

「烏帽子なら、見つけてやっただろうが」

無愛想にそう言った司野は、すぐ近くから聞こえた「それはよかったけど」という声に、ギョッとして目を開けた。

それは、辰冬の声ではなかった。もっと高く、もっと頼りなく、もっと優しい……人間でありながら、妖魔の下僕となった男の声だ。

足達正路《あだちまさみち》。

そんな名を持つ彼は、司野と一つ布団に横たわり、暗がりの中で、司野の顔をじっと見つめていた。

春先のある夜、瀕死《ひんし》の正路の命を戯れに助けて以来、司野は亡き主がそうしていたように、正路を手元に置いている。

理由の一つは、正路の血の味が気に入ったこと、そしてもう一つは……正路が、辰冬と同じ、珍しい金色の「気」を持つ人間だったことだ。

その極上の「気」を味わうべく、司野はときおり、正路を呼んで共に眠る。

本当は、荒々しくその身を貪《むさぼ》りたいところだが、「人間に危害を加えてはいけない」という辰冬の呪《しゅ》は、今も司野を縛り付けている。

ただの共寝以上のことが許されないのが口惜しいが、正路にとって、司野と布団の中であれこれ他愛ない話をするのは楽しいことであるらしい。そんな彼から放たれる温かな「気」を吸うことで、司野は、飲食では決して癒せない渇きを、ひととき落ち着かせることができるのだ。

「夢を、見たんだ」

正路は、眠そうな顔をして、囁《ささや》き声で告げた。

司野は、眉間《みけん》に浅い縦皺《たてじわ》を寄せた。

主と同じ「気」の持ち主であるせいか、司野の見る夢は、たまに隣で眠る正路に伝わってしまうことがある。

今夜もそうだったらしい。

「ごめんね、起こしちゃった。でも……寝直したら、夢のこと、忘れちゃうかもしれないから、言っておきたかった」

「何だ？」

つっけんどんに先を促した司野に、正路はフワッと微笑んで言った。

「司野には、ちゃんと心があるねって。辰冬さんの願いは、叶《かな》ったんだねって」

「……うるさい。いいから寝ろ。まだ夜明けは遠いぞ」

司野はやはり投げつけるように言って、正路の目元を片手で乱暴に覆った。

「司野の手は冷たいから、アイマスクみたいで気持ちがいい」

「黙れ」

しばらくそうしていると、やがて正路は、穏やかな寝息を立て始める。

静かに手を離し、子犬のように無防備な正路の寝顔を眺めながら、司野は盛大に舌打ちをした。

忌々しい。

死んだあとも自分を呪で縛り続ける主も、自分を縛る主に全幅の信頼を寄せてくる下僕も、人間はとにかく理屈で説明できない選択をする。薄気味が悪い。

しかも彼らの言動は、怒りや疑惑や呆《あき》れだけでなく、理解できない痛みのようなものを、司野の心に湧き上がらせる。

チリチリする、そのくせ妙に温かなこの感覚を、司野はいつも持て余すばかりなのだ。

「これだから、人間は」

そんな捨て台詞《ぜりふ》を口にして、司野は正路に背を向け、固く目を閉じたのだった。

一章　巻き戻された時間

「うわあ……！」

もうすっかりお馴染《なじ》みになった予備校から出てきた正路は、小さな声を発した。

声はふんわりした白い息になり、たちまち空気に溶けて消えていく。

夏の間は、午後五時でも十分に外が明るかったが、十二月ともなると、同じ時刻でもすっかり日が暮れて、辺りは夜に近い暗さだ。

早くも店や街灯には灯《あか》りが点《とも》り、冷たい北風が頬を切るように掠《かす》めていく。

しかし、秋田県出身の正路にとっては、東京の寒さは驚くほどのものではない。

彼に声を上げさせたのは、空からチラチラと舞い落ちる雪だった。

東京に出て来てからというもの、秋田県出身というと、きまって「毎年雪が大変でしょう」と言われるのだが、実は正路が住むあたりの降雪量はさほど多くはない。

といっても、年によっては幾度か雪かきが必要なほど積もることもあるが、それでも建物の一階が雪で埋もれるようなことは、正路が生まれてから実家を出るまで一度もなかった。

それだけに、正路にとって、雪は故郷をほどよく思い出させてくれる、懐かしく喜ばしい存在だ。

通りを歩きながら、手袋をはめた手のひらに受けた雪の粒の大きさに目を瞠《みは》る正路の童顔には、優しい笑みが浮かんでいた。

(そういえば、司野が辰冬さんと暮らしていた平安《へいあん》時代の都って、雪はどうだったんだろ。今は、たまにテレビのニュースで、雪の金閣寺《きんかくじ》とかを見かけるけど。昔はもっとたくさん降ったのかな)

そんなことを考えながら、正路は何軒かの店に立ち寄り、買い物を済ませた。

そして、今は自分のご主人様であり、同居人、もとい同居する妖魔である辰巳司野が待つ「忘暁堂《ぼうぎょうどう》」へと帰宅した。

住宅街の一角にある、そこだけが昭和のまま時を止めたような小さな一軒家。

それが、司野が営む「忘暁堂」兼、ふたりの住居ということになる。

正路が司野の下僕となり、それまで下宿していたアパートを引き払ってここで彼と同居を始めたのは、この春先のことだ。

自動車に轢《ひ》き逃げされ、深夜、路上で死にかけていた正路は、偶然通り掛かった司野に、彼の下僕となることを条件に命を助けて貰《もら》ったのである。

司野が妖魔《ようま》であることを知ったのは、主従の契約が成立し、正路のボロボロだった身体が、司野の妖力で見事に繕われた後だった。

妖魔の下僕となった、というと、いかにも悲惨な生活を送っているように思われそうだが、事実はまったく違う。

むしろ、正路の生活環境は、劇的に向上した。

「衣食住を保障してやろう」

初対面、しかも死にかけている正路相手に契約を持ちかけたとき、司野はさりげなくそう言った。

そしてそれは、まったく冗談でも嘘でもなかったのである。

今、正路が着ている服は、すべて司野に買い与えられたものだ。シャツもパンツもコートも、カジュアルではあるが、名の通ったブランドの良質なものばかりである。

最初のうちはいちいちインターネットで値段をチェックし、恐縮していた正路だが、やがて心の平穏を保つため、調べるのをやめた。その代わり、汚さないよう、破かないよう、大切に着ることにしている。

住環境も、古い家であるがゆえの不便さはあるものの、それ以前に暮らしていた、トイレ共同・風呂《ふろ》なしの、六畳一間の生活に比べれば、十分過ぎるほど快適である。

ただし……。

「ただいま帰りました！」

いつものように、店の扉を開けて中に入ると、「モーゼの十戒」を思わせる光景が正路の目の前に広がっている。

人ひとりが通るのがやっとの幅の通路を残し、店内には床面から天井近くまで、ゴチャゴチャと物が積み上がっているのだ。

それらはすべて、司野が買い付けてきた、あるいは客の依頼で貰い受けてきた、いずれも古い器物たちである。

中には骨董《こっとう》的価値がある品も含まれているが、多くはいわゆる「古道具」の類《たぐい》であり……そして、店内にあるすべての品が「付喪神《つくもがみ》」と呼ばれるものたちだ。

正路も司野と知り合って初めてその存在を教えられたのだが、長い年月を経て、その間に人間と深く関わった器物の中には、いつしか魂を宿し、自分の意思を持つものがいるらしい。

そうした「付喪神」たちは、大切に扱われているうちは持ち主に福をもたらすが、粗末にされたり、相性の悪い人間の手に渡ったりすれば、持ち主に祟《たた》りをなす。

司野は骨董商として店を経営する傍ら、そうした「付喪神」を引き取り、ふさわしい持ち主のもとへ斡旋《あっせん》するという、実に不思議な商売も手がけているのだ。

つまり、司野の下僕である正路もまた、そうした店に逗留《とうりゅう》中の「付喪神」と上手に付き合う必要があるわけで、これが、「住」についてのもっとも奇妙な特徴といえるだろう。

最初こそ大いに戸惑い、軽はずみな清掃を試みて「付喪神」の一体を怒らせ、危うく二度目の死を迎えそうになったりしたものの、今もなおおっかなびっくりながら、ずいぶん彼らの存在に慣れてきた正路である。

内気で引っ込み思案だが、順応力は高い。それが正路の、ここに来て初めて気付いた長所であるらしい。

そんなわけで、今日も正路は、迂闊《うかつ》に「付喪神」たちにタックルして怒らせないよう、ただでさえ狭い肩をさらにすぼめて通路を通り抜けた。

店の奥には、店主である司野が事務作業をしたり、商談や会計を行ったりするための大きな机と椅子、それにそれ自体が骨董レベルのレジスターがある。

そして、さらに奥の段差を越えると、そこは畳敷きの茶の間、そして低い水屋で仕切られた、続き間の台所となっている。

いかにも、仕事と生活の場が連続した、クラシックでノスタルジックな設《しつら》えである。

そもそもあまり飛び込みの客がいない店だ。

今日はもう、来客の予約も入っていないのだろう。司野の姿は、台所にあった。

そう、衣食住の「食」については、ご主人様たる司野の領域なのである。

辰冬の式神となったときから、人間に危害を加えることを禁じられ続けている司野は、他の弱い妖《あやか》しを捕らえて喰《く》らうか、あるいは人間と同じように飲み食いすることで、妖力を保ってきたらしい。

そんな司野の下僕となり、餌……つまり彼好みの「気」を提供することが正路の務めの一つであり、良質な「気」を保つために、正路が健やかであることが必要だ。

つまり、司野が正路の食事を作るのは、下僕の健康管理の一環であり、単純に司野自身のためだ、というのが、恐縮しきりの正路に、司野が淡々と告げたことだった。

正路としては、ご主人様に朝夕の食事を用意してもらい、時には予備校で食べるための弁当まで渡されて、未《いま》だに申し訳ない気持ちはあるのだが、健康云々《うんぬん》を抜きにしても、司野が作ってくれる食事は信じられないほど旨《うま》いので、結構ですなどとは決して言えそうにない。

今日も、既に扉を開けたときから、正路の鼻は、バターで炒《いた》めたタマネギのいい匂いを嗅《か》ぎつけていた。

「ただいま、司野」

正路は茶の間に上がり、もう一度、挨拶《あいさつ》をした。

彼に背中を向けて立つ司野は振り返らず、「おかえり」の声もない。

それはいつものことなので、正路は気にする様子もなく、笑顔のままで司野に歩み寄った。

妖魔には、挨拶の習慣などない。それが、司野の常套句《じょうとうく》だ。

しかし正路のほうは、幼い頃から両親や祖父母から、「挨拶とありがとうは、どれだけ言っても損をすることはない」と言われて育っており、挨拶を欠かすと落ち着かない。

幸い、司野が「お前も挨拶はやめろ」などとは言わずにいてくれるので、正路は日々、一方的に挨拶をすることにしている。

「マッシュルーム、買ってきたよ。僕、椎茸《しいたけ》としめじとエノキは買ったことがあるけど、マッシュルームは初めてだったな。あと、にんじん。これでよかった?」

そう言いながら、正路はエコバッグから品物を出し、調理台の隅っこに置いた。

司野は、僅《わず》かな目の動きだけで了解の意を示す。

ついでにごく小さく顎《あご》をしゃくったのは、とっとと荷物を置いてこいという意思表示だ。

司野のことを知らない人が見たら、何故そんなに不機嫌なのか、正路と仲違《なかたが》いでもしているのかと気を揉《も》むことだろうが、正路はそうした司野の態度にも、もはや慣れっこである。

それが妖魔の性質なのか、あるいは司野がそうであるだけなのかはわからないが、彼の言動にはおよそ無駄がない。

無闇に愛想を振りまくことも、わざとご機嫌に振る舞うことも、冗漫な世間話で相手の時間を浪費させることもない。

いつ、どこであろうと、相手が誰であろうと、司野は決して自分の感情を偽らない。だから、出会ったばかりの頃、店に来た客に司野が敬語を使うのを見て、正路は心底驚いたほどだ。

曲がりなりにも商売をしているのだから当然のことなのだが、それすらしないのではないかと正路に思わせるほど、司野は常に自分に正直だ。

今も、傍目《はため》には司野の態度は無愛想極まりないだろうが、彼にとってはただのニュートラルであり、特に不機嫌というわけではないのである。

「すぐ戻ってくるね」

どうせ返事はないので、正路は最後まで言い終えないうちに、茶の間から二階へ続く急な階段を駆け上がった。

正路に与えられているのは、この店の先代主人、大造《だいぞう》の妻、ヨリ子が使っていた部屋だ。

彼女の遺愛の家具がそのまま置かれた部屋には不思議な温《ぬく》もりがあり、自分の祖母を思い出すことも多々あって、正路はとても気に入っている。ベッドだけは、マットレスのスプリングがくたびれており、腰を痛めそうだったので買い替えたが、他はそのまま使わせてもらっている。

着ていた服を脱ぎ、ベッドの上に丁寧に広げて置くと、正路はスエットの上下に着替え、洗面所で手を洗って、台所に戻った。

司野は、やはりフライパンの中身に視線を注いだままで、ボソリと言った。

「お前が買ってきた茸《きのこ》を拭《ふ》け」

もとより、夕食作りを手伝うつもりだった正路だが、スエットの袖《そで》を肘《ひじ》まで引き上げながら、司野の指示に軽い困惑の顔つきになった。

「マッシュルームを拭くの？ 洗うんじゃなくて？」

「洗うと旨味が逃げるとヨリ子さんが言っていた。濡《ぬ》らしたキッチンペーパーで拭けと」

「ああ、ヨリ子さん語録！ わかった」

正路はクスリと笑って、指示どおりに軽く濡らして絞ったキッチンペーパーで、コロコロしたマッシュルームを一つずつ取り、丁寧に拭き始めた。

もうお馴染《なじ》みになった青果店で買ったマッシュルームは白いタイプのものなので、僅かについた藁《わら》などの汚れがよく見える。掃除するのは難しくない。

「ヨリ子さんは、こうやって丁寧にマッシュルームを綺麗《きれい》にしてたんだね。あ、それとも、司野がお手伝いして、こんな風にしてた？」

司野はやはり答えず、ごく小さく肩を竦《すく》めた。つまり「やっていた」ということだ。

正路がここに来たときは、すでに大造もヨリ子もこの世の人ではなかった。茶の間に置かれた写真一枚しか、正路が二人のことを知る手立てはないのだが、ときおり、司野が語る二人との思い出話から、夫婦の人柄の良さはよくわかる。

晩年、手足が不自由になり、家事が満足にこなせなくなったヨリ子を手伝っていたおかげで、司野は彼女が作る家庭料理をたくさん覚え、それを今、正路に作ってくれている。

正路にとっては、毎日の食事が、過去の大造、ヨリ子、そして司野の暮らしに思いを馳《は》せるよすがなのだ。

「ヨリ子さんは、司野のこと、自分の息子みたいに思ってたんでしょ？　一緒に台所で料理するの、嬉《うれ》しかっただろうな」

正路がそう言うと、司野は、正路が綺麗にしたマッシュルームを四つ切りにして、フライパンに放り込みながらぶっきらぼうに答えた。

「ヨリ子さんには、他に家事をやらせる者がいなかった。それだけのことだ」

「そんなこと、ないよ。一緒に台所に立つって、楽しいもん。少なくとも、僕は楽しい。ヨリ子さんもきっと」

「人間の感情など、知ったことか。俺とて、世話になった分を返しただけだ」

そう言いながら、テキパキと作業を続ける司野に、正路はフフッと声を出さずに笑った。

(でも、ヨリ子さんから教わったこと、レシピも手順もちゃんと覚えてるんだもん。司野だって、一生懸命お手伝いしてたんだってわかっちゃうよ)

そう指摘すれば、司野はたちまち気を悪くするだろう。同居も九ヶ月めにさしかかり、司野の「ご機嫌スイッチ」の場所がだいぶわかってきた正路は、それ以上追求することはせず話題を変えた。

「ところで、今日は何を作るの?」

「チキンサンド、とヨリ子さんが言っていた」

予想外の答えに、正路は目を丸くした。

「チキンサンド? サンドイッチってこと? お夕飯に?」

「不服か」

司野の声に、いささかの不機嫌が混じる。正路は慌てて、キッチンペーパーを持ったまま両手を振った。

「いや、全然! でも、夜の食事にサンドイッチは初めてだから、ちょっとビックリしただけ。そういう気分だったの?」

「残った食パンをそろそろ片付けたかっただけだ。マッシュルームはもういい。残りは、乾いたキッチンペーパーで包んで冷蔵庫に入れておけ」

「わかった。マッシュルームの保存方法なんて、僕、知らなかったよ。妖魔《ようま》は物知りだなあ」

「妖魔ではない、俺が物知りなんだ」

「そうでした。他にすることは？」

ご主人様の妙に可愛い自己主張を心の中で面白がりながら、正路は言われたとおりにマッシュルームを冷蔵庫にしまい込み、司野のほうを見た。

司野は、フライパンのタマネギとマッシュルームに、先に炒《いた》めてあったらしい細切れの鶏肉《とりにく》を合わせ、そこに塩胡椒《しおこしょう》と小麦粉を振りかけた。

「牛乳とチーズ」

「はいっ」

短い指示を受けて、正路は冷蔵庫から牛乳の紙パックと、粉チーズの円筒状の容器を取り出し、司野のもとへ戻った。

司野は小麦粉を具材にしっかり馴染ませ、焦がさないように火を通したところで、いったんガスの火を止めた。そこに、冷たいままの牛乳を一気に注ぎこむ。

「うわっ。一度に入れちゃって大丈夫？　うちの母親、ちょっとずつ入れてダマができないように必死で掻《か》き混ぜてたから、ビックリした」

正路の正直な驚きに、司野は眉《まゆ》すら動かさずに平然と答えた。

「火を止めて牛乳を加えてよく混ぜ、そのあと火を点《つ》ければ大丈夫だ……と」

「ヨリ子さんが？」

「ああ」

司野が再び火を点け、フライパンの底をこそげるように木べらで掻き回し始めると、サラサラだった牛乳は、次第にまったりと滑らかなホワイトソースに変化し始めた。

「……ホントだ！　今度、お母さんに電話したとき教えてあげよう」

歓声を上げる正路を無視して、司野はさらにチーズを振りかけ、こっくりと濃いソースに仕上げていく。

クールに落ち着き払って作業を続ける司野だが、最初にこの料理を作ったときはどうだったのだろう。

ヨリ子に教わって木べらを動かしながら、少しくらいは驚いただろうか。はしゃぎこそしなくても、少しは喜んだり、得意げな顔をしたりしただろうか。

その光景を想像するだけで、正路の口元は勝手に緩んでしまう。

「ええと、じゃあ、僕は食器……今日は大皿でよさそうだね。出してくる」

これ以上横でニコニコしていると、照れた司野が臍《へそ》を曲げてしまいそうだ。正路は慌てて司野から顔を背け、隠れるように水屋の前にしゃがみ込んだのだった。

「んー！　美味《おい》しい！」

それが、サンドイッチを頬張った正路の第一声だった。

実に月並みな感想だが、本当に旨《うま》いと思ったとき、人は語彙《ごい》を失いがちなものだ。

サンドイッチと聞いたときは、濃いチキンシチューを食パンに挟んだだけのものを想像していた正路だが、司野は、「確かここにあったはずだ」とシンク下の棚を引っ繰り返し、古びたホットサンドメーカーを発掘してきた。

今、皿の上に置かれたサンドイッチは、両面をこんがり焼かれて、見るからに香ばしそうだ。

「チキンシチューをパイにした料理は、ずっと前にフライドチキンのお店で食べたことがあるけど、これはもっと贅沢《ぜいたく》な味がする。マッシュルームがこんなにジューシーだなんて、僕、知らなかったよ。ヨリ子さんは、お洒落《しゃれ》な料理もご存じだったんだね」

正路がそう言うと、卓袱台《ちゃぶだい》の向こう側にいる司野は、両手でサンドイッチを持ち、大口でサンドイッチを頬張りながら、小さく頷《うなず》いた。

「大造さんは、ハイカラサンドと呼んでいた」

「わかる。確かにハイカラだ」

正路も、司野に負けずに大きな口を開け、サンドイッチを齧《かじ》った。

濃厚なチキンクリームシチューと、外側がきつね色に焼き上がった食パン。

こってりした味わいを、食パンの内側にたっぷり塗った粒マスタードが、爽《さわ》やかに引きしめている。

さらに、ガラスの小鉢で添えられたキャロットラペも、サンドイッチととても相性のいい口直しの役目を果たしてくれた。

「お洒落なカフェで、ランチメニューとして出てきそうだもの」

正路の言葉に、司野はようやく、右眉だけを五ミリほど上げた。

「ハイカラサンドと、にんじんラップがか？　カフェには似つかわしくない料理名だと思うが」

「名前はともかく……ん？　にんじんラップ？」

「と、ヨリ子さんは言っていた。そういう料理名ではないのか？」

「ええっ、と」

正路は、ちょっと考え込んだ。

おそらく本来は「キャロットラペ」だったのが、ヨリ子の頭の中で部分的に日本語に翻訳され、少しだけ訛《なま》って、「にんじんラップ」に落ち着いたのだろう。

そのいかにも可愛らしい変遷を、正解であっさり上書きしてしまうのはあまりにも惜しい気がして、正路は笑顔で返事をした。

「ヨリ子さんがそう言ったなら、そういう料理なんだと思う。刻んだにんじんを甘酸っぱく味付けして、アーモンドとか干しぶどうとかを足すのはよく見るけど、すりごまをどっさり振りかけるのは、ヨリ子さんオリジナルだと思うし」

「そうか。俺はこれしか知らんからな」

「凄《すご》く美味しいよ」

例によって相づちはなく、食卓に沈黙が落ちた。

慣れたとはいえ、無言のまま食事を続けるのは、いささか居心地が悪い。正路はリモコンに手を伸ばし、茶の間に置かれたテレビをつけた。

ちょうど、報道と生活情報を取り交ぜた、二人がときおり見る番組にチャンネルがセットされたままだったので、正路は音量だけを調節し、リモコンを畳の上に置いた。

テレビ画面の中では、アナウンサーやコメンテーターが、新たな税制について激しい議論を戦わせている。

スタジオのクリスマスらしい華やかな設《しつら》えには似つかわしくない殺伐とした話題だが、この時間帯は、どの番組も似たようなものだろう。

「十二月に入ったばっかりだっていうのに、もう、すっかりクリスマスムードだね」

敢《あ》えて話題の内容には触れず、正路は司野にそう言ってみた。

せっかく美しい顔の輪郭線が歪《いびつ》になるほど豪快にサンドイッチを頬張った司野は、もぐもぐと咀嚼《そしゃく》しながら、再び片眉だけを僅《わず》かに上げる。

(興味ないってことかな？)

さすがにリアクションの意味を理解しかねて、正路は司野が言葉を発するのを「にんじんラップ」を摘《つ》まみながら待つことにした。

やがてサンドイッチを嚥下《えんか》した司野は、ぶっきらぼうに言った。

「クリスマスか。大量の鶏肉と、無闇に大きなケーキを食う日だな」

またもや予想の斜め上の発言に、今度こそ正路は噴き出してしまった。

「チキンとケーキを？　じゃあ、大造さんとヨリ子さんと一緒に、クリスマスをお祝いしてたんだ？　ご馳走《ちそう》食べたり、ケーキを食べたり」

すると司野は、珍しく軽い困惑の面持ちになった。

「あれをご馳走と呼ぶかどうかは疑問だが、クリスマスの前夜になると、食卓にきまって……なんだ、お前がさっき言っていた、あの店の」

「もしかして、フライドチキン？」

「そうだ。紙製の大きなバケツに揚げた鶏肉だけが詰めこまれた、あれがどんと置かれた。その横に、明らかに大きすぎる丸ごとのケーキが……」

「ふふっ」

今、自分たちが食事をしている卓袱台にわかりやすいクリスマスのご馳走が並び、それを老夫婦と司野が囲んでいるさまを想像すると、正路の胸には、可笑《おか》しさと愛《いと》おしさ、それにちょっとした切なさがこみ上げてくる。

老夫婦が、いかに司野を可愛がっていたか。司野の話の端々から、彼らの司野に対する深い愛情が感じられて、正路は嬉《うれ》しくなってしまうのだ。

妖魔《ようま》である司野が、人間の老夫婦の想いそのものはちゃんと理解していることも、正路にはわかっている。理解した上で、彼は「フライドチキンと巨大なケーキ」という取り合わせを素直に疑問に思い続けているのだ。

笑顔の正路に、司野はいかにも嫌そうな顰《しか》めっ面をした。

「笑うな。クリスマスだからと、ああも張り切って、大量のフライドチキンを買い込む必要はなかった。二人は一つ二つ食ったところで音を上げ、あとは俺がすべて平らげなくてはならなかった。ケーキも同様だ」

「でも、妖魔ならそんなの朝飯前でしょ？」

「無論だ。とはいえ、さほどそそられない食い物を、奇妙な歌を聴きながら腹に詰め込む羽目になるのは、面白くも何ともなかった」

「……もう、司野ってば。奇妙な歌じゃなくて、クリスマスソングだよ。ずいぶん本格的なクリスマスパーティをやってもらってたんだね」

クスクス笑う正路を、司野は忌々しそうに睨《にら》む。

「おい、主《あるじ》を笑うとはいい度胸……」

だが、司野が正路を咎《とが》めようと卓袱台越しに片手を伸ばし、正路が座布団に座ったまま後ずさって逃げようとした、そのとき。

二人にとって覚えがあり過ぎる名が、テレビのほうから聞こえてきた。

「！」

二人の動きは、たちまち止まった。示し合わせたように同じタイミングで、顔だけがテレビ画面に向けられる。

司野の顔に浮かんだ苛立《いらだ》ちはそのままに、正路の顔からは、笑みが拭《ぬぐ》ったように消えた。

いつの間にか税金関連の辛気くさい話は終わっていたらしい。

打って変わって明るいクリスマスソングが流れる中、芸能コーナーのゲストとして拍手で歓迎され、スタジオに姿を現したのは……。

『今、大人気の雅楽の貴公子、カギロイさん、ようこそ！』

再びゲストの名を呼び、女性アナウンサーが輝くような笑顔で歩み寄る。

『まさか、本当にお目にかかれるなんて信じられません。さあ、こちらへ』

王侯貴族を迎えるような恭しさで、彼女はカギロイと呼ばれた男性を、スタジオの中央に用意された豪華な椅子へと案内した。

「カギロイ……」

司野の食いしばった歯が、ギリッと鳴った。その物騒な音に紛れるように、目の前の画面でにこやかに手を振っている男の名が漏れる。

（カギロイさん……！）

こちらは、その名を心の中で呼ぶだけで、正路の全身が大きく震えた。両手が無意識のうちに、自分の身体をギュッと抱く。

家の中は暖房が効いて十分に暖かなはずなのに、身体の芯《しん》が凍り付いたように冷たく感じられた。

エレガントな仕草でゆったりと椅子に腰を下ろしたその「雅楽の貴公子」は、まだ若く見える。

貴公子の名のとおり、歌舞伎役者を思わせるクッキリした目鼻立ちはいかにも上品だが、その上がり気味の目尻《めじり》や、闇を溶かし込んだ如き漆黒の瞳《ひとみ》、そして口紅を引いたように血色のいい肉感的な唇には、妙に野生的な色気がある。

さらに、美貌《びぼう》と並んで人目を引くのは、彼の髪と装いだった。

胸まで届く真っ直ぐな髪は炎のような赤で、その髪を引き立てる服は、純白のスーツだった。ご丁寧に、中に着込んだワイシャツまで、雪のように白い。

赤い髪と白い服のコントラストは、雅楽師というよりはビジュアル系バンドのメンバーのようだが、そちらのジャンルのミュージシャンでも、靴まで白に統一している人はあまり見ない。呆《あき》れるまでの徹底ぶりだ。

深紅のサテン地が美しい椅子に掛けたカギロイは、あくまでもすらりとした体形を見せつけるようにゆっくりと立ち上がり、両腕を優雅に広げて一礼した。

『皆様、お久しぶりでございます。カギロイでございます。本日はお招きいただき、光栄に存じます』

最後のひと言は、スタジオの面々に向けられている。

何人かの男性は、カギロイの芝居がかった言動に鼻白む様子を見せたが、他は皆、目を輝かせ、うっとりしている。

その恍惚《こうこつ》とした表情は、司野と正路とはあまりにも対照的だった。

『皆様ご存じかと思います。私たちからはいささか遠い存在だった雅楽。その雅楽にスポットライトを当てたのが、こちらのカギロイさんです。カギロイさんが演奏なさる雅楽の調べを耳にすると、そのあまりの神々しさに観客が次々と倒れてしまうという、通称、失神コンサートで有名なんですが……』

女性アナウンサーのそんな紹介の文句に、改めて椅子に座したカギロイは、苦笑いで首を傾げた。

『無作法に口を挟んで申し訳ありませんが、それは決して褒められたことではありません』

『あ、ご、ごめんなさい。緊張のあまり失礼なことを……。何しろ、本名不明、経歴不明、ちまたの敏腕芸能記者たちがいくら探っても、プライベートがまったく見えないという謎めいたカギロイさんが、本当に実在して、私たちの番組に出てくださるなんて。私、まだ信じられないものですから』

まるで、番組を進行する立場というより、もはや一ファンの顔で、アナウンサーはそんなことを口走った。

カギロイのほうは、もの柔らかな苦笑を崩さず、再び軽く首を傾げる。

『ありがとうございます。僕の素性を謎のままにしているのは、僕ではなく、僕が奏でる調べこそを愛していただきたいからです。僕は、いにしえの人々が作った曲を奏でるだけの、楽曲の僕《しもべ》のようなもの』

「よくも抜け抜けと」

司野は舌打ちして吐き捨てる。正路はそれには反応せず、テレビの中のカギロイに意識を集中した。

『それに、不甲斐《ふがい》ないことにこの秋から療養生活を送らせていただいておりますので』

それに応《こた》えて、コメンテーターの男性弁護士が、幾分冷ややかな口調で問いを投げかけた。

『そうそう、カギロイさんは、今年の九月、京都でのコンサートを当日になって中止されて以来、予定されていた以降のツアースケジュールもすべてキャンセルなさったんですよね？　どうも、京都でのコンサート前夜に、鴨川《かもがわ》で無料演奏会を行い、またもや大量失神騒ぎになったのが一因とか……』

『ちょっと、いきなり失礼ですよ。怒って帰ってしまいはったらどうするんです』

隣席の男性芸人が冗談めかして窘《たしな》め、女性アナウンサーもさっと青ざめたが、カギロイはにこやかに姿勢を正し、軽く頭を下げた。

『まことに不徳の致すところです。実は京都でのコンサート前夜、鴨川沿いを歩いていましたら、あまりにも美しい古都の情景に、心が掻《か》き立てられたのです。つい、手持ちの篳篥《ひちりき》一本で、せめて一曲なりとも奏でさせていただこう、歴史ある街に調べを捧《ささ》げさせていただこうと思ったのが、僕の傲慢《ごうまん》でした。集まってくださった皆様にご迷惑をおかけし、自分自身も大きく体調を崩してしまいまして……面目次第もございません』

『いえ、どうかそんなにご自分を責めないで……』

大慌てする女性アナウンサーからようやく目を離し、正路はまだ画面を凝視している司野の、彫像のように整った横顔を見た。

「司野、今、カギロイさんが言ってた、鴨川沿いでの演奏って」

司野は画面を見据えたまま、ボソリと応じる。

「疑うまでもない。俺たちが奴に殺されかけた、あのときのことだ」

司野の切れ長の目が、正路のつぶらな瞳を捉《とら》える。正路は、青ざめた顔で頷《うなず》いた。

三ヶ月前、司野と正路は、今、テレビに映っているカギロイに殺されかけた。

雅楽の貴公子と呼ばれる大人気のミュージシャンというのは仮の姿で、カギロイの正体は司野と同じ、平安時代から人の世で生き続けてきた妖魔《ようま》である。

しかも、司野の主である辰巳辰冬を殺害したのは、他でもないカギロイだったという衝撃の事実を司野から聞かされ、正路は大きなショックを受けた。

（鴨川沿いで、カギロイさんが笛……篳篥を吹き始めたとき、辺りを赤黒い、血管の網みたいなものが覆って、そこから伸びた枝が、観客たちに次々と刺さっていった。僕にも）

記憶が甦《よみがえ》ると、あの夜の異様な感覚までもが甦る。正路は思わず、スエットの胸元に片手を当てた。

（あのとき、全身からみるみる力が抜けていって……司野が助けてくれなかったら、僕も他の人たちと同じように、カギロイさんに「気」を奪われて気絶していたはず。司野は、あの網みたいな、檻《おり》みたいなものを、「結界」って呼んでた。カギロイさんは、ライブのたびに、その「結界」を張って、観客から「気」を奪っていたんだ。だから、お客さんがバタバタ倒れて……)

『ずいぶんお元気になられたご様子ですし、また、失神コンサート、再開ですかね？』

コメンテーターのひとりが口にした「失神コンサート」という言葉に、正路はギクリとする。

画面の中のカギロイは、妖魔の禍々《まがまが》しい本性を巧みに隠し、雅《みやび》さえ感じさせる優美な仕草で、片手を振った。

『いえいえ、まだ体調が戻りませんので、音楽活動はもうしばらくお休みをいただこうと思っています。今日は、心配してくださっているファンの皆様に、せめて回復途中の姿を見ていただこうと、こちらにお邪魔した次第です』

『まあ、そうなんですね。今日、こちらに来ていただいたことで、ご無理を……』

ぷつんと、画面が暗くなった。

司野が、正路が卓袱台《ちゃぶだい》の下に置いたリモコンを取り、テレビの電源を切ってしまったのだ。

「あっ」

思わず軽く咎《とが》めるような声を出した正路に、司野は険しい面持ちのままで鋭く言った。

「これ以上、あの不愉快な面を見続ける理由などなかろう」

「でも」

「……だが、辰冬の置き土産の一撃は、奴に相当強いダメージを与えたようだな。それが確かめられたことは、少しばかりの収穫と言ってもいい」

投げやりな口調でそう言うと、司野はリモコンをぞんざいに放り出し、すっかり冷えてしまったサンドイッチの残りを口に押し込む。

正路のほうは、まだ食事を再開する気持ちにはなれない。未《いま》だ悪寒が去らず、鳥肌が立ったままの二の腕を、分厚いスエット生地の上からさすった。

あの夜、カギロイは「昔馴染《むかしなじ》み」の司野に敵意を隠さず、司野を遥かに上回る強大な妖力で、彼と正路を殺そうとした。

そんな絶体絶命のピンチで活路を開いてくれたのが、辰巳辰冬からの贈り物であった櫛《くし》である。

辰冬の屋敷跡で司野が見つけたその櫛には、辰冬がかけた呪《しゅ》が時を超えてなお残存しており、司野がそれを解き放ったことで、カギロイは目も眩《くら》むような雷撃を受け、倒れ伏した。

その隙に命からがら逃げ出した司野と正路だったが、以来、司野は頑《かたく》なに、そしてあからさまに、カギロイについての話題を避け続けていた。

正路としては、何故、カギロイが辰冬を殺害したのか、何故、現代の世に生き、ミュージシャンとして活動しつつ、観客から「気」を奪うような真似をしているのか、そうやって妖力を増し、いったい何をしでかそうとしているのか……知りたいことは山ほどある。

しかし司野に、「あれだけのダメージを受ければ、奴もしばらくは動けまい。それに、お前ごときが気を揉《も》んだところで、できることは何もないぞ」と言われてしまっては、それ以上踏み込んだ質問はできずにいた。

だが今、テレビでカギロイの姿を直視する羽目になり、いつもは冷静沈着な司野も、ある程度、動揺しているようだ。

正路はカラカラの喉《のど》をお茶で湿らせてから、小さな咳払《せきばら》いをして、思いきって司野に訊《たず》ねてみた。

「司野、カギロイさんのこと、少しだけ訊《き》いてもいい？」

司野は温《ぬる》くなったお茶でサンドイッチを喉に流し込み、薄い唇を引き結んだ。

端整な顔じゅうで「よろしくない」と答えてくる主《あるじ》に、正路は勇気を出して食い下がる。

「そりゃ確かに、カギロイさんについて知ったところで、僕にできることなんて何もない。でも……やっぱり知りたいんだ」

「何故だ。好奇心で、主を煩わせるつもりか？」

司野の高い鼻筋に、不愉快そうな皺《しわ》が寄る。まるで、怒った狼のような獰猛《どうもう》な表情に、妖魔の本来の激しい気性が感じられ、正路は小柄な身体をより小さくしながらも、なお言葉を返した。

「ごめんなさい。でも、司野は僕のご主人様だから」

「だから、何だ？」

「何でも知りたいんだ、司野のこと。カギロイさんのことが知りたいっていうより、カギロイさんと司野の関係が知りたい。カギロイさんが遠い昔、辰冬さんの命を奪ったことはわかった。でも、どうしてそんなことになったのか、今のカギロイさんが何をしようとしていて、司野がそれに対してどうするつもりなのか。知っておきたいんだ」

「知ってどうする」

司野の質問は簡潔かつ的確で、正路の心の迷いをあっという間に表に引き出してしまう。

だがこういうときの正路は、彼自身も呆《あき》れるほど粘り腰である。正直に「わからない」と答え、正座に座り直した彼は、腿《もも》の上に置いた両手の指をギュッと握り込んだ。

「司野が言うとおり、僕はただの人間、それも相当に弱い部類だから、事情を知ったところで、司野の役に立てることはないと思う」

そのとおりだ、というように司野は傲然《ごうぜん》と胸を張る。だが、正路は引き下がらなかった。

「でも、もしもってことがあるから。あると思いたいから。何も知らなければ何もできないけど、知ってさえいれば、火事場の何とか力で、僕にもできることが一つくらいはあるかもしれない。だから……」

正路は、自分の眉間《みけん》のあたりにそっと触れた。

まだ実感は薄いが、そこには司野いわくの「第三の目」が潜んでいて、生まれたときから使っている二つの眼球では見えない、この世の理《ことわり》から外れた存在を見ることができる。

司野と出会って初めて開かれた、正路のささやかな、そしてただ一つの「異能」であるが、まだ自由自在に使いこなせる状態にはほど遠い。

「まだ、君の手伝いなしじゃ開けないこの眼が、いつかささやかでも役に立つ日が来るかもしれない。その……司野が京都で話してくれた感じじゃ、司野とカギロイさんの間には、凄《すご》く深い因縁があるみたいだし、これからも無関係ってわけにはいかないんでしょ？」

司野は答えなかったが、グッと引き下げられた口角が、彼の不愉快度が増していることを雄弁に語っている。

「最低限のことでいいから。司野が、僕に教えてやってもいいと思うことだけでもいいから、教えてほしい。お願いします」

正路は一息にそう言って、深々と頭を下げた。

そのまましばらく待ったが、司野の声は聞こえてこない。

おそるおそる、自分では一センチずつくらいゆっくり顔を上げたつもりの正路の目に映ったのは、相変わらず不機嫌そうな、だがどこか面白がっているような目つきをした、司野の美しい顔だった。

「……司野？」

「お前ごときが何の役に立つ、と言いたいところだが、確かにあの京都での夜、もしお前が共にいなければ、俺はあの場でカギロイに殺されていただろう。業腹だが、それは認めざるを得ん」

「えっ？」

「お前の、火事場のなんとかは、確かに効くということだ。あのとき、お前が破れかぶれで俺に寄越した『気』が、俺に、辰冬が櫛に込めた呪を解き放ち、最大限の力を発揮させることを可能にしたんだ。……口惜しいが、認めざるを得ない事実ではある」

「……あっ」

司野の話に、正路は片手を自分の口元に当てた。カギロイの姿を見て以来、ずっと血の気が失《う》せていた顔が、たちまち真っ赤に染まる。

あの夜、カギロイに襲われ、司野が「勝てない」と明言したとき。

自分の身を盾にして、正路を逃がそうとしてくれたとき。

司野の「主」としての本気を感じた正路は、絶対に司野を死なせまいと思った。

司野だけを助けるのではなく、自分だけが助かるのでもなく、二人で生き延びる。

そのために、自分にできるただひとつのことをするのだと決意した瞬間に、正路の身体は無意識に動き、司野に自分から口づけていた。

それが、正路にできる唯一の献身……自分の「気」を根こそぎ司野に捧《ささ》げることだったのだ。

（そうだった！　僕、自分から誰かにあんなことしたのは初めてで、考えると頭がパニックになるから、思い出さないようにしてたんだけど。うん、そう、僕はあのとき、司野にキスしたんだよね）

冷静に振り返ると、自分のしたことの大胆さに、頬と言わず額と言わず火柱が立ちそうになる正路である。

今さら盛大に照れる正路をむしろ面白そうに見やり、司野はいかにも渋々といった低い調子で告げた。

「陽炎《かぎろい》の主の名は、出雲玄鉄《いずもげんてつ》という」

「……えっ」

正路は顔に手を当てたまま、キョトンとする。

それが、自分が望んでいた「カギロイについての追加情報」だと気付くには、たっぷり数秒を要した。

「あっ、はい！　いずも……げん、てつ？　それって、カギロイさんも、司野と同じように、人間の式神《しきがみ》だったってこと？」

司野は頷《うなず》き、どこか遠い目で虚空を見た。

「出雲玄鉄は、但馬《たじま》あたりの……そうだな、今の言葉で言えば民間陰陽師《おんみょうじ》だった。と、辰冬が言っていた」

「民間陰陽師……つまり、辰冬さんみたいに、お役所勤めはしていなかったってこと？　えっと、何て言ったっけ」

「陰陽寮」

「それ！　民間ってのは、無許可とか無資格とか、そういうこと？」

司野は正路に視線を戻し、シニカルな笑みを口元によぎらせる。

「お前の貧弱な語彙《ごい》に合わせるならば、そうだ」

「うう、貧弱でごめん。その出雲玄鉄って、どんな人だったの？」

「当時、おそらく四十は過ぎていただろう。あの時代では、もう老人の域に差しかかっていた。外見からして胡散《うさん》臭い、痩《や》せた小男だった。ざんばら髪を結いもせず、汚れ、破れた狩衣《かりぎぬ》をまとい、裸足《はだし》で、烏帽子《えぼし》すら被《かぶ》っていなかった。そのくせ、いつも持ち歩いていた大きな水晶玉だけは、ピカピカに磨き上げられていたな」

独り言のような調子で、司野は出雲玄鉄の容貌《ようぼう》を語る。

淡々とした口調だけに、司野曰《いわ》くの「胡散臭い」陰陽師の風体が妙にリアルに、何故かユーモラスなマンガのキャラクターのように頭の中に浮かび、正路は思わず首を振ってそのイメージを追い払った。

「人を見かけで判断しちゃいけないとはいえ、確かに怪しげではあるね。それで、その人は何か悪いことをしたの？　だから、辰冬さんが関わることになった……？」

正路の問いかけに、司野はこともなげに答えた。

「玄鉄は、都を魔都にしようとした」

「……ま、と？　的？　何かを当てる……？」

「阿呆《あほう》。魔都。魔の都だ」

「ああ……！　なんか映画か小説のタイトルになりそう。かっこいい。あ、ごめん」

司野に呆れ顔で見られ、正路はますます縮こまりながらも問いを重ねた。

「魔の都って、つまり、平安時代の都に、妖《あやか》しを入れようとしたってこと？」

「そうだ」

おどろおどろしい言葉を口の中で転がしながら、正路は首を傾げる。

「でも、司野は辰冬さんの式神になる前、都の中に入り込んで悪さをしてたんじゃなかったっけ？」

「それはそうだが、俺とて、根城は洛外《らくがい》だった。川の流れや地形を巧妙に利用した都の結界は、強大な守護の力を持っていた。力ある妖魔《ようま》は、結界の綻《ほころ》びから都に忍び込み、暴れ回ることができたが、結界内に留《とど》まることは賢い選択ではない。せっかく蓄えた妖力を奪われるだけだ」

「ああ、前にカギロイさんが、結界を使って、その中にいる人の『気』を吸い取ったみたいに……？」

「そうだ。都の結界は、忍び込んだ妖しの力を奪い、弱らせる。長居は無用の空間だった」

「じゃあ、玄鉄さんが都に妖しを入れようとしても、そんなに大ごとにはならなかったんじゃないの？」

するとと司野は、小馬鹿にしたように鼻を鳴らし、腕組みした。

「お前の浅い想像力では、その程度だろうな。だが玄鉄は、もっと大それたことを企《たくら》んだ。何があっても飄々《ひょうひょう》としていた辰冬も、それを最初に知ったときは、さすがに驚いていた」

「ど、どんなことを？」

正路自身は、当たり前だが辰巳辰冬に会ったことはない。それでも、司野の夢の「お裾分《すそわ》け」で時に見る辰冬は、確かにいつものんびりした笑みを浮かべ、昔の荒々しい司野にも、おっとりと接していた。

（あの人がビックリするようなことって）

正路は緊張して生唾《なまつば》を呑《の》み込んだが、司野はサラリと告げた。

「玄鉄は、朱雀《すざく》、青龍《しょうりゅう》、白虎《びゃっこ》、玄武《げんぶ》の四神《しじん》に守られた都の真ん中に、異界の門を開こうとしたんだ」

「異界の門って何⁉　言葉からして、もう怖いけど」

物騒な言葉に驚いて、正路の声のトーンが跳ね上がる。司野は口の端をほんの少し吊《つ》り上げ、皮肉な笑みを浮かべた。

「昔の俺のように、人の世で生まれ、人の世で生き続ける妖魔もいれば、自分たちが生きやすい、他の世界で生きる妖魔もいる。後者のほうが遥《はる》かに多い」

「妖しの国、みたいな感じ？」

「そうだ。人間どもは、自分たちが暮らす世界が唯一のものだと思っているが、世界など星の数ほどある。そして、互いの世界は、どこかで繋《つな》がり合っている」

正路は、うーんと唸《うな》って首を傾げた。

「それって、国と国が、道とか船とか飛行機とかで、人の行き来を可能にしてるようなもの？」

「お前にしては、理解が早い」

司野は満足げに口角を吊り上げ、こう続けた。

「第三の目の使い方を知らぬ人間には知る由もないことだろうが、この世界には、そうした数知れない異界が、あちらこちらで口を開けているということだ。その多くは、実にささやかな大きさであるがゆえに、入り込む妖魔の数は実に少ない。さほど問題にはならない理由はそこにある。だが玄鉄は、そうしたものとは比べものにならないほど巨大な異界の門を……」

「都の中にドーンと造っちゃおうとしたわけ？　そういうのって、勝手に造れちゃうものなの？」

ひたすらに驚くばかりの正路に、

「普通は無理だな。異界の門を開くというのは、すなわち、異なる二つの世界の壁を近づけ、融合させることだ。ただの人間にできることではない」

「辰冬さんにも無理？」

司野は、いささか悪い顔で首を捻《ひね》った。

「知らん。そういえば、訊《き》いたことはなかったな」

「そ、それもそうか。朝廷にお仕えする身だったんだから、悪いことはしない前提だもんね。でも、そんな大それたことをしようとするってことは、出雲玄鉄って人、能力のある人だったんだ？」

「どうだかな。人の身には余る野望を持った人間であったことは確かだが。ただ、奴の父親も……」

「もしかして、玄鉄さんのお父さんも？」

「そうだ。玄鉄の父、玄宗《げんそう》もかつて同じことを試み、あえなく失敗した。そして陰陽寮の連中に捕らえられ、秘密裏に処刑されたのだと辰冬は言っていた。息子が、父の遺志を継いだんだ」

司野の昔話は簡潔すぎて何の脚色もないが、だからこそ、正路の胸の中で想像が膨らむ余地が大いにある。

幼い頃、幼稚園の先生に童話の読み聞かせをしてもらっていたときのようなドキドキを感じながら、正路はなおも問いかけた。

「じゃあ、親子二代で、その……異界の門を都に開く方法を研究してたってこと？凄《すご》い執念だな。だけど、どうしてそんなことを？異界の門を開けば、都に妖しがいっぱいなだれ込んでくるってことでしょ？人間が襲われて、都が滅茶苦茶《めちゃ》になっちゃうじゃないか」

司野は、軽い溜《た》め息をつき、その延長のように言葉を吐き出した。

「人間の愚かしい思惑など、俺の知ったことか。辰冬ですら、出雲親子が何故そのような大それたことを企んでいたのか、しかとは知らなかったらしい」

「そうなの⁉」

「だが辰冬は、おそらく奴らは異人、つまりかつて都人《みやこびと》に討たれた先住民族にルーツを持つ者たちなのではないかと推測していた。確かに、玄鉄は辰冬たちとはまったく異なる顔つきをしていた」

「先住民族？　確かに、中学や高校の授業で少しは勉強したけど……何だかそんな風に言われたら、急にリアルだな」

司野は、そんな正路の感慨を、鼻先であざ笑った。

「お前たちは、自分たちが、かつて先住民族を駆逐して土地を奪った侵略者の子孫だということをすっかり忘れているんだな。気楽なものだ」

「うう……忘れてるっていうか、そもそもそういう立場を自覚して生きてる人って、今の世の中にあんまりいないんじゃないかな。いや、自己弁護かな、こんなの」

「自己弁護だが、まあ、それは自然なことだ。自分たちがしでかした後味の悪い悪事を、子々孫々に熱心に伝えようとする者はいまい。人間たちは、自分たちの侵略行為を、『妖し退治』というまことしやかな物語に作り替えてしまったんだ。自分たちは人間を襲ったのではない、妖しを退治したのだ。これは正しいことだ……とな」

「妖し……。酷《ひど》いじゃないか！　自分たちと同じ人間なのに、妖し扱いなんて、そんな」

憤る正路を、司野は氷のように冷ややかな声で遮った。

「それが、人間という愚かな生き物のやることだ。相手を自分たちと『同じ』などとは思わないから、平気で見下して危害を加える。規模は違えど、お前たちは今もまったく同じ行為を世界のどこかで繰り返している。違うか？」

正路は、開いたままだった口を閉じ、項垂《うなだ》れた。

確かに世界では今日も、独りよがりな正義や身勝手な大義名分を振りかざして、力ある者が弱い者を虐げ、殺し続けている。人間は、実は千年の間、少しも進歩していないのかもしれない。そう思うと、正路の胸がチリッと痛んだ。

「改めてそう言われると、酷いね、人間って」

しょんぼりした顔つきで正路がそう言うと、司野は正路の皿に残っていたサンドイッチを取り上げ、貪《むさぼ》るように齧《かじ》りながら言った。

「酷いかどうかは知らんが、自分を正当化するための理屈をこねる姑息《こそく》さは好かんな」

「姑息さ？」

「妖魔《ようま》とて、相手を屠《ほふ》り、喰《く》らう。昔の俺のように、遊びで他の生き物の命を奪うこともある。だが、それはすべて単純に、やりたいからやるんだ。そうした行為を悪いことだと思わない以上、自分を庇《かば》おうとも思わん。人間どもより、よほど単純明快だな」

司野の言い様は乱暴ではあったが、確かに筋が通っていると正路は感じた。

そして、夢で何度か見た、暴れん坊時代の司野を温かな眼差《まなざ》しで見守る辰冬の笑顔が、正路の胸にふとよぎった。

「善悪はともかく、司野のそういう正直なところが、辰冬さんは好きだったのかもね」

思わずそう口走った正路に、司野は鬱陶《うっとう》しそうな顔でいったん口を噤《つぐ》み、ゴホンと咳払《せきばら》いして話を元に戻した。

「……あれが俺をどう思っていたかなど、知ったことか。とにかく出雲親子が、朝廷に強い憎悪を抱いていたのは確かだな。父親の玄宗は朱雀門に、息子の玄鉄は、大胆にも禁苑《きんえん》である神泉苑《しんせんえん》に、異界の口を開こうとした」

司野は真顔で話を続けたが、正路はまたもや小鳥のように首を傾げた。

「え？　平安時代にも、煙草ってあったんだっけ。っていうかそれ、重要事項？」

「阿呆《あほう》。禁じる煙ではなく、禁じる苑《その》のほうの禁苑だ。一般人が足を踏み入れることは断じて許されない……つまり、主上《おかみ》の、お前のわかる言葉でいえば、天皇のための庭だ」

ようやく言葉の意味を理解して、正路は目をパチパチさせた。

「そんなところに⁉　それは確かに、朝廷というか、天皇に深い恨みがあると考えて間違いなさそうだね」

「ああ。だが玄鉄の奴、己の魂に染みついた強すぎる邪気を、隠しおおせなかったんだろう。奴が都に入ってほどなく、陰陽寮《おんみようりよう》が異状を嗅《か》ぎつけた。いくら人目を避けて橋の下に潜もうとも、褒賞をちらつかせれば、貧しい者ほど情報を容易《たやす》く売るものだ」

「つまり、密告されて、玄鉄さんは捕まった？」

司野は小さく首を横に振った。

「いや。父親譲りの際立った異相だ。奴が出雲玄宗の息子であることは、すぐに知れた。となれば、その企《たくら》みも明らかだろう。万が一、捕縛にしくじり、逃げられてはあまりに厄介だ。街中《まちなか》で大がかりな術を使えば、都に住む人間どもに害が及ぶ」

「確かに。街中の大捕物はあんまりよくないね。じゃあ」

「いったん泳がせておき、行動を監視し、お前にわかる言葉で言えば、適切なタイミングで闇に葬り去るべしと朝廷は判断した」

「捕まえて、裁判にかける……とかじゃなくて？」

「そうしたところで、結果は同じだ。都に対する脅威は、確実に除かれねばならん」

司野はサラリとそう言い、こう付け加えた。

「辰冬が、玄鉄を屠る任を与えられた」

「辰冬さんひとり？　どうして陰陽寮全体でやらなかったの？　だって都の危機なのに。大事件じゃないか」

正路の疑問に対する司野の答えは明快だった。

「一つには、その頃主上が病に臥《ふ》しており、陰陽師たちの多くが、平癒祈念の祈禱《きとう》にあたっていたことがある。そしてもう一つには、玄鉄はなかなかに慎重な男だ。多くの人間が動けば、すぐに尻尾《しっぽ》を巻いて逃げだし、再び潜伏するかもしれん。そうなると、次に奴が動き出すまでひたすら待たねばならなくなる」

「なるほど！」

「玄鉄を討つには、実力があってもそれをひけらかさず、出世欲もなく、目立たない陰陽師……辰冬が適任だった。しかも辰冬の奴、俺を式にするために、あちこちに借りを作りまくったんだろう。それを返せと命じられれば、断れるはずもない」

司野はそこまで話して、チラと空っぽになった湯呑《ゆの》みを見た。正路は、お茶のお代わりを用意するべく、静かに魔法瓶と急須《きゅうす》を引き寄せながら、司野に続きを促した。

「ああ……そういう事情もあったんだ。それで辰冬さんが隠密行動することになったんだね。それで？」

「辰冬と俺は密《ひそ》かに玄鉄を見張り、奴が計画を実行に移すのを待った。ある夜、ついに奴が動いた。俺たちは、神泉苑まで奴をつけていった。大池の前で、奴は簡易ではあったがれっきとした護摩壇を築き、護摩を焚《た》いた」

「ええと、護摩壇って、おまじないをするのに使うもの……だっけ？　今はプロ野球選手が修業に使ってる感じの映像をたまに見るけど」

「ああ。人間が、言祝《ことほ》ぐにも呪うにも用いるものだ。奴が朝廷に弓引く行為のあることを確認して、辰冬と俺は奴の前に姿を現した。当然、玄鉄と辰冬は一戦交えることになり……そのとき、玄鉄を守るべく突然現れたのが、奴の式神だった陽炎……お前の知る、あの雅楽師のカギロイだった。不覚にもそれまで、陽炎の存在に、俺も辰冬も気づいていなかった」

「隠し球、ってやつ？」

「そういうことだ」

いよいよ話が佳境に差し掛かり、正路は魔法瓶の蓋《ふた》を中途半端に開けたところで、つい動きを止めてしまう。

「玄鉄と辰冬がどのように戦ったか、詳しくお前に話しても詮無《せんな》いことだろう。当初俺は、辰冬の補佐を命じられていた。万が一にも討ち漏らしがあってはことだからな。だが陽炎が出現したことで、俺は奴と戦うことになった」

正路は、思わず正座を解いて、膝《ひざ》を立てて座り、両腕で自分の膝を抱え込んだ。無意識の動作ではあるが、そんな子供じみた座り方に、司野は苦笑する。

「鴨川で出くわしたときに陽炎が言っていたように、千年前の俺は、今とは比べものにならないほど、強い妖力を誇っていた。辰冬に力を削《そ》がれてもなお、俺の力は、陽炎のそれをはるかに上回っていた。……一方、辰冬の呪《しゅ》も、確実に玄鉄を追いつめていった」

「物凄《ものすご》くあっさり説明されてるなあ。最高の山場なのに。じゃあ、辰冬さんと司野は、玄鉄さんとカギロイさんをやっつけたの？」

司野は、軽く目を伏せた。

「玄鉄は捕らえられた。だが、陽炎は、少なくともその場で主《あるじ》と運命をともにしようとはしなかった。主と自分の双方が形勢不利と見て、ひとりで逃げたんだ」

「えっ？　逃げた？　自分だけ？」

『我は退散する。この主に対する義理は、これで十分果たしたからね。どうせあの男、殺すのだろう？　せめて埋めてやっておくれ。あんな不甲斐《ふがい》ない男でも、今は我の主だ。そのくらいは頼んでもよかろうよ』

司野としては、特にカギロイの口真似をしているつもりはないのだろう。だが、いつもとほんの少し違う声音で語られたカギロイの台詞《せりふ》は、やけに臨場感を持って、正路の耳に響いた。

『我が名は陽炎。もとより、あるかなきかわからぬものだ。追うても無駄よ。やめておけ。ああ、いつかどこかでまみえることがあるかもしれないから、お前の名くらいは聞いておこうか』

千年以上前の相手の言葉をこうも正確に思い出せるのは、そのときのやり取りが、司野の心に深く刻まれているからに他ならない。

正路は、ギュッと膝を抱え込む腕に力を込めた。

「俺が名乗ると、奴は闇に紛れ、そのまま姿をくらました。痕跡《こんせき》ひとつ残さない、見事な逃走ぶりだった」

「妖魔の司野でも追いかけられなかったの？　すごく逃げ足が速かったんだね、カギロイさんって」

「俺はすぐさま追おうとしたが、辰冬がそれを止めたんだ。まずは、玄鉄の身柄を確保するのが大事だと言ってな」

「それは、確かに。じゃあ、辰冬さんは、そこで玄鉄さんを殺したの？」

司野は、表情ひとつ変えずに答えた。

「その場で命を奪うことはせず、辰冬は呪《いまし》で玄鉄を縛め、陰陽寮へと引き立てた。辰冬としては、出雲親子の境遇への同情があったんだろう。あれは、とことん詰めの甘い男だったから、助命のための申し開きくらいは許されるべきだと考えたんだろうよ。だが結局、玄鉄はその夜のうちに殺された。当然のことだ」

「……そう、だったんだ」

千年前のこととはいえ、あまりに血なまぐさい話に、正路は重苦しい息を吐く。

一方の司野は、くさくさした顔つきで「お前のせいで、くだらんことを思い出した」と吐き捨てると、蓋を外しかけたままの魔法瓶を指さした。

「茶を煎《い》れ直せ。その湯はもう駄目だ」

「あっ！　ご、ごめん。今すぐ！」

ハッと我に返った正路は、弾《はじ》かれたように立ち上がった。

まだ、玄鉄とカギロイについて聞きたいことはたくさんあるが、これ以上粘ると、司野が機嫌を損ね、何も話してくれない状態に逆戻りしかねない。

「お煎茶《せんちゃ》にするね。……あと、サンドイッチ、まだ食べるつもりだったんだけどな」

「何か言ったか？」

「何でもないです！」

パン屑《くず》だけが残された皿を未練がましくチラと見てから、正路は鉄瓶に水を入れ、火にかけた……。

二章　絡まった糸

枕元を、誰かが通り過ぎる。

そんな気配と、畳を踏んだときのミシッという音に目を覚ました正路は、温かな布団に鼻まで潜り、ヒヤヒヤする瞼《まぶた》を閉じたままで口を開いた。

「お母さん、お味噌汁《みそしる》、柔らかいお豆腐がいいな」

すると、足音がピタリと止まった。

しばらくの沈黙の後、頭上から降ってきた声に、まだふわふわと心地よくまどろんでいた正路は、ギョッとして瞬時に覚醒《かくせい》した。

「言われるまでもなくそうするつもりだったが、俺はいつからお前の母になった」

「!?」

バサリと布団を跳ねて飛び起きた正路は、いかにもおそるおそる視線を上に向け、寝間着姿の司野を見るなり、「ワーッ」と悲鳴に似た声を上げた。

「ぼ、ぼ、僕、今、お母さんって言った!?」

司野は冷ややかな視線で正路を見下ろし、「言った」と無感情に答える。

正路は、マンガのように一瞬で布団から飛び出し、畳の上で土下座の体勢になる。

「ごめん！　ごめんなさい！　ご主人様をお母さん呼ばわりとか。……あの、言い訳すると、目が覚めるちょっと前まで、夢を見てたんだ。その、実家で」

すると司野は、「知っている」と、これまた短く告げた。正路はますます驚いて、司野の起き抜けから完璧《かんぺき》に整った顔を見上げる。

「知ってるって、司野、まさか」

すると司野の口角が僅《わず》かに上がり、美しい顔に、底意地の悪そうな笑みが生まれた。

「見たくもなかったが、お前の夢が勝手に流れてきた」

「えっ？　それって、僕が司野と一緒に寝てるとき、たまに司野の夢が流れてくるのと同じ感じで？」

「お前の感覚は知らんが、おそらくそうだな。一目でお前とわかる幼子が、和室で、両親と川の字で寝ていた」

「それー！　それ、ホントに僕の夢だよ！　ちっちゃい頃の朝の夢だったんだ」

正路は身を起こし、手を打った。

「僕、小学生の低学年くらいまで本当に身体が弱くて、すぐ夜中に熱を出したり吐いたりしてたもんだから、両親が心配して、いつも真ん中に挟んで寝てくれてたんだ」

それで、と促すように、司野は小さく顎《あご》を動かす。

「父か母の布団に潜り込むと暖かくて安心で、ずーっと出たくなくて。でも、朝になるとお腹が空《す》くんだよね。で、母が毎朝きまって、『お味噌汁に何入れよっか』って訊《き》いてくれるのが好きで……そのときの夢、見てた。珍しく、ハッキリ覚えてる。だから寝ぼけちゃって、つい。ゴメン、変な夢見せちゃって。っていうか！」

正路は喋《しゃべ》りながら、驚いた顔で自分自身を見た。

司野は肌触りがよさそうなリネンのパジャマを着ているが、正路は部屋着のスェットのままだ。

「どうして僕、こんな格好で寝てたんだろ。あれ？　そういえば、司野の布団に入った記憶もないなあ。ここ、司野の部屋だよね？　どうして……」

不思議がる正路に、司野は軽く苛《いら》ついた顔でツケツケと言った。

「ないに決まっている。俺が入れてやったんだ」

「えっ？　司野が？　どうして……あ、あああー！」

なおも訝《いぶか》しげだった正路は、突然、両手で頭を抱えた。

急激な覚醒に脳がやっと追いついて、昨夜の記憶が鮮明になってくる。

「そうだ、昨夜、僕、司野の『付喪神《つくもがみ》』たちの分類を手伝ってて……」

昨夜、夕食を済ませて自室に戻り、さて、気合いを入れて受験勉強をと思ったところで、正路は、階下から司野に呼ばれた。

家が古くて防音性が低いことを差し引いても、司野の声はピンと張った弦楽器の音のように、よく通る。あるいは、声に少しばかり妖力《ようりょく》を込めてでもいるのだろうか。

司野がごく普通に呼ぶだけで、家の中のどこにいても、必ず正路の耳に届くのだ。

ご主人様の呼び出しより優先されるべきものなど、何もない。慌てて正路が下りていくと、司野は家のいちばん奥まった場所にある自室にいた。

愛用の文机《ふづくえ》に向かって何か古そうな書物を読んでいた司野は、正路が入っていくと、座布団に座したまま、軽く身体の向きを変えた。

「整理を手伝え」

「整理？」

まだ部屋の入り口に突っ立ったままだった正路は、司野が視線で示したものを見た。

それは、狭い部屋の中央に置かれた、大きな段ボール箱だった。中には、例の古い器物がぎっしりと、そしてこの上なく乱雑に詰め込まれている。とうてい蓋《ふた》が閉められないほどのてんこ盛りだ。

司野に視線で誘導されるように、その箱の前、畳の上にちょこんと座った正路は、不安げに司野を見た。

「整理って、これは、『付喪神』たちじゃないの？」

てきたものだ」

「そうであるものも、ないものもある。この前、神戸《こうべ》の旧家を継いだ男から引き取っ

ああ、と正路は小さく手を打った。

「蔵をリノベして素敵なカフェにするから、中に入ってる……ええと、その」

物品に遠慮して言葉を濁そうとする正路の配慮などお構いなしに、司野はそのものズバリの言葉を口にする。

「ガラクタを引き取れと依頼された。大造さんの顧客だった人からの紹介だ。断れず受けたが、不愉快な奴だった。二度と会うことはなかろう」

「……そうだったんだ」

「金目の品は、あからさまに横にどけてあったからな。ただ、古い器物が祟《たた》りをなす可能性があることくらいは、知っていたようだ。旧家の跡取りとしては、まあ、まだましな部類かもしれんな」

苦々しげにそう言って、温かそうなセーターとスエットパンツというくつろいだ服装の司野は、正路に簡潔に命じた。

「面倒だからしばらく放っておこうかと思ったが、お前が店を片付けろと偉そうにせっつく……」

「待って、せっついてはいないってば！　そんな命令口調でも言ってないし。結果と

して、若干偉そうなお願いになっちゃったのは申し訳なかったけど、だって司野、お店の中に、もう物が入るスペースがほとんど残ってないじゃないか。物理的な問題は、妖魔だってどうしようもないだろ」

慌てて弁解した正路の言い様は、司野にとってもシビアな現実を指摘するものだったらしい。珍しく、司野は腕組みして口ごもる。

「む……」

「そりゃ、辰冬さんのお屋敷は広かったみたいだから、いっぱい物を置けただろうけど、ここは一戸建てとしては小さい部類だからね。無限に詰め込むってわけにはいかないよ。通路の幅は今でもうギリギリ限界で、お客さんが店に入ってくるだけでも大変そうだし」

「むむ」

「人間だって、満員電車は嫌だもん。『付喪神』も、あんまりゴミゴミした場所だと気持ち良く暮らせないでしょ、たぶん。だいいち、掃除するのも隙間がなさすぎて難しいし。おかげで以前、やらかしちゃったことが……」

正路の胸には、掃除中にうっかり「付喪神」の人形を落として怒らせ、絞め殺されかけたときの恐怖がよぎる。

さすがの司野もそれは覚えていたらしく、「確かに、お前は同じ過ちを繰り返しそうだな」とささやかな反撃をしてから、腕組みを解いた。

「わかっている。だから、最近は多少積極的に、『付喪神』どもをふさわしい人間に斡旋《あっせん》するよう努めているだろうが」

「あ、やっぱり？　それはちょっと思ってた。ありがとう、司野」

素直に感謝する正路に、司野は傲然《ごうぜん》と段ボール箱を指した。

「その箱も、そのままどこか片隅に放っておこうと思ったが、お前の言い分にも一理あると認めて片付けを許す。『付喪神』とそうでないものをより分けろ」

司野の尊大な言い様に、正路はこみ上げる笑いを危ういところで噛《か》み潰《つぶ》した。冗談でも何でもなく、司野は十分に譲歩しているつもりなのだ。

「許すって、僕がやるってことなんだね。わかった。でも、より分けるって？」

「お前の『第三の目』を使え」

「ああ、なるほど」

合点がいって、正路は頷《うなず》いた。

司野によってその存在を教えられた「第三の目」は、この世のものでない存在を見る。確かに、それを使えば、器物が「付喪神」になっているかどうかはすぐ判別できるだろう。

「でも、僕、まだ自分ひとりじゃ……」

「わかっている」

司野はぞんざいに片手を伸ばし、人差し指の先で正路の眉間《みけん》にとんと触れた。

「あっ」

肌に触れた瞬間、走ったピリリとした痛みに、正路は小さな声を上げ、反射的に目をつぶる。

司野がごく僅《わず》かな妖力を注ぎ、正路の「第三の目」を覚醒させてくれているのだ……と理屈はわかっていても、なかなか慣れることができない刺激だ。

「少し手伝ってやれば、開くようにはなってきたようだな。早くコツを摑《つか》み、自分で開けるようにしろ」

「……努力はするよ。なかなか難しいんだけど」

両目を閉じたまま、正路はそう言った。

瞼《まぶた》を閉ざしたことで真っ暗になった視界の中に、またたく星々のような小さな光が、ちら、ちらと明滅して見える。

それこそが、「第三の目」が見せてくれる、器物の山に紛れた「付喪神」の魂が放つ光なのだ。

「手助けしてくれてありがとう、司野。見える。じゃあ、箱の中のものを全部、『付喪神』とそれ以外により分ければいいんだね？」

司野にお礼を言いながら、正路はゆっくりと目を開けてみた。

なるほど、二種類の目は、どうやら同時に機能させることができるようだ。

両目が見せてくれる器物の山の中に、「第三の目」が示す「付喪神《つくもがみ》」の輝きが煌《きら》めいているのがわかった。

司野は、「ああ」と言うなり、再び文机の上の書物に向き直る。

司野の読書を邪魔しないよう、箱を自室に持ち帰るべきだろうかと迷った正路だが、呼びつけられたということは、彼の目の届くところで作業をしろということなのだろう。

「より分け用の箱を持って来るね」

返事を期待せず立ち上がると、正路は足音を忍ばせて、いったん司野の部屋を出た。

「そうだ、品物を一つずつ取りだして綺麗《きれい》に拭《ふ》きながら、『付喪神』かどうかを見分ける作業をずーっとやってて、ようやく終わらせて……あれ、それで僕、どうしたんだっけ？」

さかんに首を捻《ひね》る正路に、司野は呆《あき》れ顔で答えを教えた。

「俺に終わったと報告するなり、その場で畳に倒れ臥《ふ》して寝た」

「ほんとに!? 確かに、そこから先の記憶がない……っていうか、作業が終わったとき、めちゃくちゃ頭が痛くて、妙に疲れたなって感じてはいたんだ。終わらせて安心したんだろうけど、いくら何でも唐突だなあ」

「普通の目と『第三の目』を同時に長時間使ったことなど、これまでなかっただろう。慣れない仕事を続ければ、脳が疲弊するのは当然のことだ」

「あ、そうか。そりゃそうだよね。だから電池切れしちゃったのか」

納得して幾度も小さく頷いた正路は、ハッとして司野の顔を見上げた。

「もしかして、司野、僕に『第三の目』の使い方を練習させるつもりで、あんな仕事を？　何かあったらいけないから、司野の傍でやらせてくれたの？」

「……思い上がるなよ、下僕」

そう言い捨てて、司野は大股《おおまた》に部屋を出ていく。

その反応こそが、正路の推測が正しかったことを何より雄弁に物語っている。

（司野、優しいのに、どうしてそれを隠そうとするのかなあ。っていうか、布団を敷くために、僕がより分けた物たち、全部どこかへ片付けてくれたんだ。その上、僕まで布団に入れてくれて……）

そのせいで、自分の夢を司野に覗《のぞ》き見されてしまい、しかも寝ぼけて、司野を「お母さん」呼ばわりしてしまったことまで改めて思い出し、正路は再び赤面する。

「ああもう、僕ってば」

恥じらいに任せて自分の頭をポカポカと叩《たた》いてから、正路はまだ熱い頬のままで立ち上がり、布団を畳み始めたのだった。

いつものように卓袱台《ちゃぶだい》に差し向かいで朝食を摂《と》りながら、司野は唐突に言った。

「食ったら、俺はすぐ発《た》つ。あとはお前が片付けておけ」

本当に「柔らかいお豆腐」こと絹ごし豆腐の味噌汁《みそしる》をしみじみ美味《おい》しく味わっていた正路は、少し驚いて汁椀《しるわん》を置いた。

「発つって、こんな朝早くから仕事？」

司野は、塩鮭と並んで辰巳家の朝の定番である、こんがり焼いたさわらの味噌《みそ》漬けを大胆にほぐして口に放り込む。

「そうだ」

主《あるじ》の予定と所在は把握しておきたいという正路の要望に応《こた》えて、司野はどこかへ出掛けるとき、一応、それを伝えてくれるようになった。

とはいえ、彼が口にするのはいちばん太い幹の部分だけなので、枝葉は正路が自分で聞き出さなくてはならない。ちょっと幼子に確認作業をしているようで、楽しくなってしまう正路である。

「今日はどこへ？」

「金沢《かなざわ》だ」

「金沢！　遠いね……て、そうか、北陸《ほくりく》新幹線に乗っていくのか。いいなあ」

再び、大好きな絹ごし豆腐の味噌汁を味わいながら、正路は笑顔になった。司野は顰《しか》めっ面で、「何がいいものか」と言い返す。

「新幹線に憧《あこが》れがあるんだよ。特別感があるもの。でも、遊びじゃないんだもんね、ごめん。また、お客さんのお家《うち》に品物を引き取りに行くの？」

「いや。今回は、品物を届けに行く。金沢でホテルを経営している顧客に、改装したラウンジに飾るための絵を所望された」

「絵？　絵の付喪神もいるんだね。付喪神、ホテルのことを気に入ったら、千客万来にしてくれるかな？」

発想が単純過ぎて小馬鹿にされるだろうかと思いつつ正路はそう言ってみた。すると司野は、意に反して真顔で頷いた。

「そうだな。ちょうど、賑《にぎ》やかな場所が好きな、洋画の付喪神が一体いた。静物画だ。データを送ったら、先方も大いに気に入った。いい縁組になるだろう。宿の主に大切にされ、たくさんの客に鑑賞されれば、気を良くして、宿を繁盛させるだろうさ」

「いい縁組、かあ。まるで、人間と付喪神のお見合いみたいだね」

「似たようなものだ。そんなわけだから、帰りは夕方から夜になるだろう。どこかで、弁当でも買って帰る」

「いいの？　お夕飯、僕が用意しようか？」

「無用だ。俺が気に入ったものを買う」

料理の腕前については、司野に比べれば情けない限りだと自覚している正路だが、弁当や惣菜《そうざい》を選ぶセンスまで信用されていないというのは、少し傷つく。

それでも正路は、笑顔で「わかった」と頷《うなず》いた。

「お弁当、重くて申し訳ないけど、楽しみにしとく」

「ああ」

「僕のほうは、午前中に家事を片付けて、昼からは予備校で自習しようと思ってる。それとも、お店番をしておいたほうがいいかな？」

司野は、あからさまに鼻で笑ってこう言った。

「お前がひとり店にいても、仕方があるまい」

正路も、そこは素直に認め、恥ずかしそうに笑った。

「下僕が、ご主人様の仕事中に自分のことにかまけてていいのかなって思っちゃって。でも、そうだよね。真面目に勉強してくる。司野も、気をつけて行ってきてね」

「誰にものを言っている」

軽く憤慨しつつ、司野は朝食を静かに、しかしかなりのスピードで平らげていく。

せめて出発前に食後のコーヒーくらいはと、正路は食事を中断して、湯を沸かすべく席を立った……。

＊　＊

「特に司野からの連絡はない、か。まあ、司野に限って、突発事態なんてそうそうないもんね」

予備校の帰り、いつものショッピングストリートを歩きながら、正路はスマートホンをチェックし、小さな声で呟《つぶや》いた。

そもそも、妖魔《ようま》がスマートホンを持っているという時点でかなり斬新《ざんしん》で面白いのだが、司野は正路が感心するほど、スマートホンを使いこなしている。

といっても用途はほぼビジネス、つまり顧客とのやり取りと、オンラインショッピングのみだ。司野曰《いわ》く、古書やアンティークについては、インターネットの世界でけっこう掘り出し物が見つかるものらしい。

たまに、正路に短いメッセージを送ってくることはあるが、たいていは買い物の指示で、こういう外出時の帰宅予定など、細やかな情報はまず来ないと言ってもいい。

（帰りに買い物をしてこいってときも、そういう前置きは一切なく、「トマト×2、

ヤングコーン1袋」とかだけだもんな）

思い出すとちょっと可笑《おか》しくてふふっと笑ってしまいながら、正路は馴染《なじ》みの洋菓子店のあたりに通り掛かった。

自動ドアのガラスの隙間から、店内に流れるクリスマスソングが漏れ聞こえる。通りにも、街灯に取り付けられたスピーカーから他のクリスマスソングが流れているので、店の前を通り過ぎる数秒だけ、二曲が交じり合って何とも奇妙な感じだ。

（あっちもこっちもクリスマスの準備か。ケーキは、司野がもう予約したって言ってたから、大丈夫だよね）

洋菓子店をチラと振り返り、正路は微笑んだ。

先代店主夫婦が、クリスマスに「バケットいっぱいのフライドチキンと大きすぎるケーキ」を毎年買っていたことを、司野はやや訝《いぶか》しげに話してくれた。

そのケーキに正路が興味を示したので、「人間という生き物はわからん」と言いながらも、ケーキは手配してくれる気になったらしい。

（「鶏肉《とりにく》のほうは諦《あきら》めろ」って言ってたのも面白かったな。何か、ご馳走《ちそう》を作ってくれるんだろうか。いや、そんな厚かましいこと、期待しちゃ駄目だけど）

自分で自分を窘《たしな》めながらも、司野と迎える初めてのクリスマスだと思うと、つい心が浮き立ってしまう。

「……あ」

軽やかに歩を進めるうち、正路はセレクトショップの前で足を止めた。

様々なメーカーの製品から選《え》りすぐったクリスマスアイテムが溢《あふ》れるショーウインドウに、各サイズのクリスマスツリーが並んでいるのに心惹《こころひ》かれたのである。

（実家には、大きなクリスマスツリーがあったな。僕が病弱であんまり外で遊べないから、せめてって、お祖父《じい》ちゃんとお祖母《ばあ》ちゃんがプレゼントしてくれたやつ）

ガラス越しに、美しいイルミネーションやオーナメントで飾られたクリスマスツリーを見ていると、正路の胸には懐かしさがこみ上げてきた。

小学生の三、四年頃にはもう、同級生の話から、正路は現実に気づいていた。

クリスマスの朝にツリーの根元に置かれたプレゼントは、祖父母や両親からの贈り物であり、サンタクロースも実在しない。

正路がちょっと白けたリアクションを取るようになって以来、クリスマスは輝きを失い、ただ、家族でちょっとしたご馳走を食べる日になった。いつしかツリーも物置にしまい込まれ、取りだして飾られることもなくなってしまった。

（もう、捨てられちゃったかな、ツリー）

祖父母や両親をガッカリさせないように、もっと長く、クリスマスを素直に楽しむ子供でいればよかったのに。

そんな苦い後悔と同時に、今ならば、もっと無邪気に、それこそ単なるイベントとして、クリスマスを司野と楽しく過ごしたい気持ちがこみ上げてくる。

料理は司野の領分なので、せめてツリーを購入して、あの小さな家に飾ってみてはどうだろう。

司野が喜ぶかどうかはわからないが、彼が拒むなら、自分の寝室に置けばいいだけだ。

買ってもいいですかと子供のように訊《たず》ねるよりは、現物を見せて可否を問うたほうが、たぶん話は早い。

(司野に貰《もら》ったお小遣いには、こういうことでは手をつけたくないな。前のバイト代の残額で……うん、小さなツリーくらいなら、何とかなるな)

財布の中身を素早く確かめてバッグに戻し、正路は幼い頃のように目を輝かせて、賑《にぎ》わう店内へ足を踏み入れた。


十数分の後。

店から出て来た正路は、細長い、大きめの紙箱を抱えていた。

中に入っているのは、さんざん考えた末に選んだクリスマスツリーである。

さすがにイルミネーションはやり過ぎかと買わなかったものの、オーナメントはいくつか手に入れた。豪華なツリーにはほど遠いが、昭和の日本家屋にも無理なく調和するはずだ。

（遅くなっちゃったな。司野、夕方から夜って言ってたから、まだだとは思うけど……急いで帰ろう。お弁当を持って帰ってくれるって言ってたから、せめてお風呂《ふろ》くらい、用意しておいてあげたいもんね）

日暮れ前の冷たい北風に、早くも頰を赤くしながら、正路は家路を急いだ。

妖魔は暑さ寒さなどまったくこたえないと司野から聞かされていても、やはり冬の夜、遠くへ出掛けて帰ってきたときくらい、熱い風呂が嬉《うれ》しいのではないかと考えたのだ。

駅前のささやかな繁華街を抜け、住宅街に入ると、人通りは極端に疎《まば》らになる。

徐々に暗さが増してきて、街灯に灯《あか》りが点《つ》くと、余計に物寂しい雰囲気になるから不思議なものだ。家々から漂ってくる夕食の匂いに胃袋を切なく刺激されながら、正路は足早に歩き続けた。

（お腹空《す》いたな。司野、何のお弁当を持って帰ってくれるんだろ。金沢だから……蟹《かに》？　いや、それはあまりに期待しすぎだよね。ああ、お弁当は冷たいから、せめてお味噌汁《みそしる》くらいは用意しても怒られないかな）

身体を動かしているおかげで、寒さはさほど感じられなくなった。ただ、手袋を忘れてきたので、箱を抱える両手だけは、ジワジワと軽い痺《しび》れを感じるほど冷えている。

強い北風に対抗し、無意識にやや前屈《まえかが》みになって歩いていた正路は、「忘暁堂」の近所にある小さな公園の前に差し掛かったとき、突然足を止めた。

いや、自発的に止めたのではない。

散歩中、浮かれて走り出そうとした犬が、リードが伸びきって止まらざるを得なくなったときのような、不自然な停止だ。

慣性の法則で、大事なツリーの箱が前に投げ出され、乾いた音を立てて地面に落ちた。

しかし、正路にはそれを気にする余裕などない。

自分が足を止めざるを得なかったのは、誰かにダッフルコートのフードを摑《つか》まれたせいだと気づいたからだ。

(何かに引っかかった……？　んだよね……？)

ただ舗装された住宅街の中の道を歩いているだけで、服が引っかかってしまうような構造物があるようには思えないが、そう思いたいのが人情というものである。

動きを止めたまま、フードが公園の木の枝に引っかかっている光景を期待してそろそろと振り返った正路は、視界に入ったものを認識するなり、文字どおり飛び退《しさ》った。

いつもおっとりした彼にしては、信じられないほど素早い動きだ。

しかし、それも無理はない。

今、彼の目に映っているのは、木の枝などではなかった。片手を不自然な形で軽く上げたまま、澄ました顔で立っている若い男は……他でもない、忘れようもない、カギロイその人だったのである。

「な……なんで……っ」

こみ上げる驚きと恐怖で、まともに声が出ない。

今すぐ逃げなくてはと思うが、人間の、しかも鈍足な部類の自分が全速力で走ったところで、妖魔《ようま》には簡単に追いつかれてしまうだろう。

(家まであと十分もないけど、逃げ切れるわけがない。それに、そんなことをしたら、家まで案内してるようなものだ。それだけは……)

ならば、人通りがある駅前へ向かって逃げるか。

(いや。この前の鴨川べりでのことを思えば、カギロイさんは、無関係な人に危害を加えることを躊躇《ためら》うような性格じゃない。駄目だ)

必死でこの事態から逃れる方法を考えようとしても、選択肢は次から次へと目にも留まらぬ速さで消えていく。

正路の全身は、細かく震え始めた。

そんな正路を、ネズミをいたぶる猫のように楽しげに眺め、カギロイは笑みを浮かべて言った。

「安心するといいよ、辰巳司野の下僕君。呼び止め方がエレガントでなかったことはお詫《わ》びするけれど、今すぐ君に危害を加えようとは思っていないから」

猫なで声というのは、今のカギロイの声を指して言うのだろう。確かに語調は優しいが、その声音には、ゾッとするような冷たさがある。

司野の優しさを覆い隠すための冷淡さとはまた違う、カギロイの魂の温度をそのまま示す、鼓膜に痛みを覚えるような冷たさだ。

カギロイは、昨日、テレビで見たときとは、まったく違う出《い》で立ちだった。

純白のスーツは、「雅楽の貴公子」のユニフォームのようなものなのだろう。今の彼は、対照的な黒ずくめの服を着て、長い髪も驚くことに漆黒だった。

それに気づいた正路は、恐怖に震えながらも、うなじで緩く結ばれたその見事な黒髪を、つい注視してしまう。

「ああ、これ？　珍しくもないだろう、髪色を変えることなんて。今のこの姿は、ただ化けているだけなんだから、髪の色くらいどうにでも……ああ、そうか」

むしろ不思議そうに言いかけたカギロイは、ふふっと鼻で笑って、大袈裟《おおげさ》に肩を竦《すく》めてみせた。

「ごめんごめん、君の大好きなご主人様は、大昔に主《あるじ》が造った、あの不格好で窮屈な

『器』に縛り付けられているんだっけ。そりゃ、驚くよね。無能なご主人様に仕える羽目になって、可哀想な人間だ」

「……ッ」

正路は、息を呑《の》んだ。

腹の底から、くらくらと怒りがわき上がってくる。

そんなことは、生まれて初めてだった。

幼い頃から大人しい性格で、病弱なせいで幼稚園にもろくに通えなかった正路は、人間関係の作り方、育て方を学び損ねたまま大人になってしまったところがある。

失礼なこと、腹立たしいことを他人にされたときも、それに腹を立てていいのかどうか判断できず、戸惑っているうちに事態は収束してしまい、「よし、怒ろう」と思ったときには、誰もそんなことは覚えていない。

とにかく、誰かとケンカしたことも、一方的に誰かに腹を立てて怒声をあげたことも、正路はこれまでの人生で一度もなかった。

理不尽なことを言われてもされても、自分が呑み込めば、それがいちばん波風が立たなくていい。自分が至らないのが、そもそもの原因なのだから。

上京し、居酒屋でのアルバイトを始めてからは、店員としての自分の能力の低さを痛感し、受験に失敗したこともあって、そんな風に思ってさえもいた。

だが、今。

カギロイに、司野のことを貶《けな》された瞬間から、正路の血液の温度がぐんと上がったようだった。

全身に、熱がグルグルと巡り始めたのがわかる。あれほど震えていた全身に力がこもり、凍えた両の拳《こぶし》は、いつしかグッと握りしめられていた。

許せない。

司野のことを、不当に悪く言う奴のことは、許せない。

瞬間湯沸かし器レベルの強い怒りを抱いた自分に戸惑いながらも、カギロイの言葉を受け入れることだけは絶対にできないと思い、正路は口を開いた。

「司野のことを、そんな風に悪く言うのはやめてください！」

自分では語気荒く怒鳴ったつもりだったが、口から出たのは、情けない震え声だ。

それでも、自発的に怒りを表すことができた自分に、正路は少なからず驚いていた。

「おや。大人しい子犬が怒ったね。面白い」

たとえ正路が怒鳴ったところで、カギロイにとってはそよ風ほどの影響も与えられなかっただろう。それでもカギロイは、正路に多少の興味を惹《ひ》かれた様子で、公園内のベンチを指した。

「少し話していかないか。いや、君に拒否権はないんだけどね。僕が君と話してみたくなった。特別に、少し時間を割いてあげよう」

そう言うなり、カギロイは先に公園の中へ入っていく。

逃げ出すことも考えたが、意味はないだろう。すぐに捕らえられるとわかっているからこそ、カギロイは余裕綽々《よゆうしやくしやく》の行動をしているのだ。

（……くそっ）

結局、怒ったところで何一つ相手に反撃できていない自分自身に腹が立つが、ここはカギロイの言うとおりにして、逃げるチャンスを窺《うかが》うしかあるまい。

（怯《おび》えるなよ、僕。司野の下僕として、胸を張れ）

正路が情けない振る舞いをすれば、カギロイはそれを司野の不甲斐《ふがい》なさと捉《とら》えて嘲《あざ》笑《わら》うことだろう。

鴨川でのことを思えば、今も怒りを上回る恐怖が足元からせり上がってくる。それでも、決して怯えを見せてはいけない。

自分自身をそう叱りつけ、正路はまずは心を少しでも落ち着かせようと、地面に落ちていたクリスマスツリーの箱を拾った。

そして彼はベンチに近づき、すでにゆったりと腰を下ろしているカギロイからできるだけ距離を開けて座った。端っこ過ぎて、少し動くと地面にずり落ちてしまいそうだが、やむを得ない。

「……何をしに、来たんですか？」

先制攻撃とばかりに、正路は腹に力を入れて訊《き》いてみた。クリスマス用のラッピングを施された箱を抱いたままではどうにも格好がつかないが、何かを抱えていると、少し心強くいられるのだ。

「ご挨拶《あいさつ》だな。鴨川で思わぬ攻撃を喰《く》らったものだから、さすがの僕も参ってしまってね。あれは、辰巳辰冬の呪《しゅ》だね。詰めの甘い男だが、術の冴《さ》えだけは素晴らしいと認めざるを得ない。出雲玄鉄を打ち倒しただけのことはある」

自分の主の敗北をサラリと口にして、カギロイは流し目で正路を見た。

辺りはもうすっかり暗くなりつつある。ベンチの近くに外灯が立っているので、視界に問題はなかったが、黒髪、黒衣のカギロイは、まるで半ば闇に溶けているように正路には見えた。

「それに、鴨川での大量失神者騒ぎは、いささか大ごとになってしまった。メディアに騒がれたし、警察にも呼ばれた。この僕がだよ？　警察に出頭だよ？　お笑いだよね。まあ、すべて僕が迂闊《うかつ》だった。それは認めよう。千年以上も昔、辰巳辰冬を首尾良く、酷《むご》たらしく屠《ほふ》った場所だと思うと、少々高揚してしまってね」

「……ッ」

まさにその場所で司野から聞いた、辰冬の最期を思い出し、正路は再び湧き上がる憤りに唇を噛む。そんな様子に、カギロイは面白そうに目を細めた。

「コンサート前夜に、景気づけの軽い『食事』でもと思ったところが、あれだ。お前たちが現れて邪魔をしてくれたせいで、食事どころか大やけどを負ったというわけさ。好事魔多しとは、愚かな人間のくせによく言ったものだよね」

正路は言葉を返さず、ただ全身を硬くしている。

「でも、収穫はあった。司野は千年前に戦ったときより遥《はる》かに弱くなっている。あれならば、脅威に思う必要はない。安心して、事を運べる」

カギロイの最後のひと言に、正路はハッとした。

「事を運べるって、いったいどういうことです？　何をするつもりなんですか？」

「おっと口が滑ったな。今のはなしだ。忘れておくれ。そのうちわかることだからね。それより、僕はこれでなかなか周到なんだ。脅威でなくても、毒虫が進む道の上にいるなら、先に潰《つぶ》しておいたほうがいい」

「まさか」

正路はギョッとした。カギロイが、司野と再び戦い、当然、圧勝するつもりでここに来たと察したからだ。

「司野を狙って……？」

「まあ、今の僕は手負いの状態なのでね。実行は万全になってからにしようと思ったんだけど、療養中で時間が有り余っているから、ちょいと調べてみたんだよ。住み処《か》はすぐにわかった。特に身を隠すつもりもないようだし、暇に飽かして下見に来たんだ。そうしたら司野のやつ」

「……何です？」

「あいつは妖魔《ようま》のくせに、主から胡乱《うろん》な術ばかり学んだようだね。住まいの周囲に、忌々しいほど強力な結界を張っている」

「結界を？　知りませんでした」

「人間には無害なものだよ。だが、我々妖魔には強い毒だ。万全な僕なら、顔にかかる蜘蛛《くも》の巣程度だが、今は少々こたえる。あれは、まだ真新しい結界だ。京都で僕とやり合ってから、慌てて張ったに違いない。あいつ、妖魔のプライドをどこかへ捨ててきたとみえる。人間の小賢《こざか》しい術などを使いこなすなんて」

いちいち司野を貶す口ぶりは腹立たしいが、司野が多くを語らないタイプなので、饒舌《じょうぜつ》なカギロイから得られた新しい情報に、正路はうっかり興味を示してしまった。

「司野が、そんなことを……」

「自分と下僕君を守るためさ。まあ、今日のところはあくまで下見だ、結界を少しついて、来訪だけ知らせてやって、目的は達成された。そこへ君が通り掛かったというわけ。この公園は、ちょうど結界の外だからね。僕にも居心地がいい」

「……そう、だったんだ」

司野が何も言わず、自分と正路の身を守るための手立てを地道に講じてくれていたことに、正路は胸打たれた。

(カギロイさんのこと、あんまり話題にしようとしなかったのは、気にしてなかったからじゃない。何も言わずに、今の彼にできる対策をして、僕が普段どおりの生活を送れるようにしてくれてたんだ、司野)

そんな正路の胸に満ちた温かな想いを破ったのは、再び口を開いたカギロイだった。

「君には、少し興味があった」

「えっ？」

「あの古ぼけた櫛《くし》に込められた、辰巳辰冬の呪。あれほど強大な呪を解き放つには、相当な力が必要だ。辰巳司野には、そんな妖力はなかったはずだよ。何が奴に力を与えたのかと、振り返って考えてみれば……君だ」

「僕？」

キョトンとする正路を見て、カギロイは薄く笑った。

「そう、君。君が司野に抱きついて、口づけをした。あのとき君は、司野に大量の『気』を与えただろう。それが司野の中で、恐ろしく強い妖力に変わった。そうとしか考えられない」

正路は、信じられない思いで目をパチパチさせた。

「そんなことって」

確かに司野は、正路の「気」が、亡き主《あるじ》、辰巳辰冬と同じ色だと言っていた。しかし、自分の「気」にそこまでの力があるとは、正路は想像だにしていなかったのである。

「君は何も知らないんだね。でも、知る必要はないよ」

「えっ？　んむッ」

カギロイの言葉を訝《いぶか》しむ暇すら、正路には与えられなかった。

白々した外灯の光の下、カギロイの顔が急に近づいてきたと思った次の瞬間、冷えた手にガッと顎《あご》を摑《つか》まれ、正路は鋭い痛みに声を上げようとした。

だが、口を開いた瞬間、放たれる寸前の悲鳴は、カギロイの唇に吸い取られていた。

「!?」

司野と同じ冷たさの、しかし彼とはまったく違う感触の肉厚の唇が、正路の唇をピッタリ塞《ふさ》いでいる。

逃げたくても、万力のような強さで顎を固定され、首すら捻《ひね》ることが許されない。

「……ッ、んっ」

氷の塊のような、そのくせウネウネと器用に動く長い舌がねじ込まれ、正路の口の中で何もかもをこそげ取るように激しく蠢《うごめ》くのがわかる。

（……いや、だ）

生まれて初めて深いキスをされたことへの驚きよりも、その身を蹂躙《じゅうりん》されたという衝撃のほうが、正路にとっては大きい。ぐうっと、胃が裏返るような吐き気がこみ上げた。

圧倒的な力の差を見せつけられ、望まぬ身体的な接触を強いられて、正路は心底、怖い、と感じた。それと同時に、激しい喪失感と怒りが身の内に満ちていく。

出会ったばかりの頃、司野に無理やり組み敷かれそうになったときも、ここまでの嫌悪感は湧かなかった。思えばあの頃から、正路の心の中には、司野への好意が芽生え始めていたのかもしれない。

だが、これは嫌だ。

絶対に、絶対に、許容することはできない。たとえ、カギロイの機嫌を損ねて酷《ひど》い目に遭わされたとしても、こんな風に、人間としての尊厳を平気で傷つけるようなことを、受け入れるわけにはいかない。

息をするのを忘れていたせいで、視界が明滅し、頭がガンガン痛み始める。

全身からも、みるみる力が抜けていくのがわかる。強引な口づけで、カギロイに「気」を略奪されているのだ。このまま手を拱《こまね》いていれば、まったく動けなくなるだろう。

その前に。

正路は、いつの間にかダラリと垂れていた両手に、意識を集中させた。

おそらく、ツリーの箱は地面に落ちたのだろうが、今は気にしている余裕などない。

初めて起動され、与えられたボディを動かそうとするロボットのようなぎこちなさで、正路は両手を上げた。手探りで、自分を貪《むさぼ》るカギロイの上着の胸元を探り当て、今込められる最大限の力で、彼を突き飛ばそうとする。

しかし。

正路の目的は、半ば成功し、半ば失敗した。

カギロイの唇は離れたものの、彼はびくともせず、正路自身がベンチから転げ落ちたのである。

「……痛……ッ」

したたかに右半身を地面に打ち付け、正路は咄嗟《とっさ》に起き上がれずに呻《うめ》いた。

それでも、汚された口元を、コートの袖口《そでぐち》からはみ出したトレーナーの袖口でグイと拭《ぬぐ》い、転がったままで、ベンチに座ったカギロイの顔を睨《にら》みつける。

「……そういうことは、やめてください」

呼吸を整えられず、肩で息をしながら、正路は掠《かす》れた声で言った。

カギロイのほうは、いささかガッカリした様子で、赤い唇を指先で撫《な》でてみせる。

「おや。天上の神々が味わう甘露並みなのかと思えば、確かにずいぶんと上質な部類ではあるけれど、所詮《しょせん》は人間の『気』じゃないか。ガッカリだな。それとも……主従関係を結べば、君の『気』は甘くなるのか。うん、そうかもしれないな。僕に夢中の観客どもの『気』は、粗悪でも無闇に甘くはあるからね。よし、決めた」

そう独りごちたカギロイは、口から離した手を、正路のほうへ差し伸べた。

「試してみよう。いつまでも司野になど従っていないで、僕のところへおいで」

「えっ？」

思いがけない申し出に、正路は驚き、地面に尻《しり》をつけたままで後ずさる。

「うん、それがいい。君にはせいぜい贅沢《ぜいたく》をさせてあげるよ。僕は当世では人気ミュージシャンだからね。司野のようなしみったれた妖魔にはとても真似できないような、破格の待遇を約束しよう。その見返りとして、今、君が司野に心酔しているように、僕を崇《あが》めるといい」

「…………」

あまりの身勝手なカギロイの言い様に、正路は、自分の顔が石のように強張《こわば》っていくのを感じた。そんな正路の表情にはお構いなしで、カギロイは上機嫌に、人差し指をタクトのように振って言い募る。

「そうだな、君を僕の付き人にしてやろう。君を常に帯同して、僕が望むときにいつでも極上の『気』を差し出させる。勿論《もちろん》、ありとあらゆる雑用も君の仕事にしよう。うん、それはなかなかいい考えだ。みずから付き従う餌というのは、悪くない。大量の妖気《ようき》を必要とするときは、コンサートで客から根こそぎ奪えばいいけれど、日頃、軽く摘《つ》まむのには、旨《うま》いほうがいいに決まっているからね」

正路は、全身を蝕《むしば》む怖気《おぞけ》に身震いした。

思えば、初対面のときの司野も似たようなことを言っていた気がするが、何かが決定的に違うのだ。正路の本能が、決して耳を貸してはいけないと訴えている。無論、正路の心も、断固拒否の構えだ。

「お断り、します」

声が震えないよう、腹に力を入れて、それでも極力短く、正路は答えた。

だが、正路の胸中の怯《おび》えなど、カギロイには手に取るようにわかってしまうに違いない。彼は不思議そうに小首を傾げ、「何故?」とからかうように正路に問いかけた。

ベンチから落ちたときに、肘《ひじ》を強く打撲してしまったせいだろう。ずっと痺《しび》れていた正路の右手に、ようやく感覚が戻ってくる。

正路は、その右手を地面について身体を支え、まだ尻餅《しりもち》をついたままではあるが、冷えた土の上で、どうにか体勢を立て直した。

カギロイの質問への答えは、ハッキリしている。恐怖と怒りに圧倒されていても、正路の言葉に澱《よど》みはなかった。

「だって、僕は司野の下僕ですから」

「僕より司野がいいっていうのかい？　妖魔としての格も力も、なんなら経済力も名声も、僕のほうが遥《はる》かに上なんだよ？　下僕君、君にだって欲はあるだろう？　自分に正直になればいい。ああ、司野との契約を気にしているのかい？　そんなもの、僕が綺麗《きれい》に断ち切ってあげるよ。心配は要らない」

正路の、地面についた右手の指が、ガリリと冷たい土を引っ搔《か》いた。

「僕は、司野との契約をあなたに断ち切ってほしいなんて、これっぽっちも思ってません！　誰にも、切ってほしくなんかないです」

「へえ？　本当に、司野に心酔してるんだねぇ、君は。子犬みたいで可愛いと思ったけど、そこまで一途《いちず》だと……」

ニイッと、カギロイの笑みが深くなる。

いつもは貴公子然とした顔に、獰猛《どうもう》で残忍な、妖魔の本性が顕《あらわ》れた。

「鬱陶《うっとう》しいな。ああ、実に鬱陶しい。そういうところ、千年前のあいつにそっくりだ」

「あいつ？」

カギロイは白い頰の半ばまで片方の口角だけを高く吊《つ》り上げたまま、忌々しそうに吐き捨てた。

「司野さ。あいつも主《あるじ》の辰巳辰冬に尻尾《しっぽ》を振ってくっつき回って……挙げ句の果てに、主に裏切られて壺《つぼ》に封じ込められたって話じゃないか。主人なんてのは、そんなもんだよ。君も、司野のことをあまり信用し過ぎないほうがいいじゃないのかい?」

怒りに心を揺さぶられたままの正路だが、カギロイの言い様に、微《かす》かな違和感を覚えて眉《まゆ》をひそめる。

「……カギロイ、さんは」

「うん? 何だい?」

「カギロイさんにも、ご主人様がいたんでしょう? 辰冬さんに負けて、捕まって、朝廷の人たちに殺されたって、聞きました」

「ふうん、知ってるんだ。誰に……って、そりゃ、司野に聞いたんだよね。あいつ、意外とお喋《しゃべ》りなんだな」

どこか鼻白んだ様子で、カギロイは長い脚をぞんざいに組んだ。そして、自分の膝《ひざ》に頬杖《ほおづえ》をついて、正路を睥睨《へいげい》する。

「それが何なの?」

正路は、勇気を振り絞って問いかけてみた。

「カギロイさんは……その、辰冬さんを殺して、ご主人様の仇《かたき》を討ったんでしょう?

だったら、司野が辰冬さんのことを好きだったのや、僕が司野のことを好きなのと同じように、カギロイさんも……うわッ」

質問を最後まで言うことができず、正路は驚きの声を上げた。

カギロイが頬杖から顔を上げた次の瞬間、彼は片手で正路のコートの襟首を引っ摑《つか》み、そのまま自分のほうへ引き寄せた。

さっき、「気」を吸われたせいで、正路の両脚にはまだあまり力が入らない。それなのに、カギロイは互いの鼻先が触れそうなところまで、正路の身体を片手で、しかも箸《はし》でも持つような軽やかさで楽々と持ち上げてしまった。

「か、カギロイ、さ」

コートの襟元が顎《あご》の下あたりにぐいぐいと食い込み、正路は息苦しさに喘《あえ》ぎながら、どうにか両手でカギロイの手を外そうとした。

だが、妖魔の腕力に太刀打ちできるはずもなく、正路の顔面はみるみるうちに赤らんでいく。

「まさか、僕が出雲玄鉄のことを好きだった……なんて寝言を言うつもりじゃないだろうね。そんなことを口に出していたら、その首、今頃は胴体から外れてその辺りに転がっていたところだ。寸前で止めてやった、僕の温情に感謝するんだね」

「で、も……」

「あれは、仇討ちなんかじゃないよ、下僕君。人間は、何でもすぐ美談にしたがる。よくない癖だ。僕は、仇討ちのためにあの忌々しい陰陽師《おんみょうじ》を殺したわけじゃない。勘違いしてもらっちゃ困るね」

「……じゃ……あ」

「何故って？　辰巳辰冬を生かしておけば、余計なことをするからだ。だから後顧の憂いを絶つために……ああいや、そんなことはどうでもいい。僕は玄鉄のことを、主とすら思ってはいなかった。それだけはよく覚えておくんだね。命が惜しいなら」

そう言い放ち、カギロイはパッと手を離した。

正路の襟首を摑んでいた手を、埃《ほこり》でも払うようにヒラヒラさせた後、カギロイは、足元にへたり込んで咳《せ》き込む正路を見下ろし、もはや嘲《あざけ》りを隠さない声で言った。

「さて、どうするか。正直、僕の誘いを君が断るなんて思ってもみなかった。あまりに愚かな子犬は、ここで殺して喰《く》ってしまおうか」

まだ咳《せき》が止まらない正路は、頭上から降ってきた恐ろしい言葉に身を震わせる。だが、カギロイはすぐにこう続けた。

「いや、それではつまらない。人間の下僕を失った痛みなど、一瞬のものだ。いくらそれがお気に入りでもね。そんな仕打ちでは、甘すぎる。千年前に、僕を力で圧倒し、恥をかかせた分くらいは、償って貰《もら》わなくては」

「な……に、を」

「そうだなあ。何をしようか。何しろ僕も『療養中』だし、今日はあくまでも下見だから、あまり手荒なことはしたくないんだよね」

十分に正路をいたぶっておきながら、カギロイは言った。

「でも……君たちを侮って油断した僕の自業自得であるとはいえ、司野にも、君にも、少しは報いを受けてもらわないと気が済まないな。そうだ、人間仕込みの小賢《こざか》しい結界で、僕を煩わせた司野に、こちらも同じ人間から教わった術で嫌がらせをするとしようか」

「嫌がらせ、って、なに、を」

さっきの酸欠と止まらない咳のせいで、正路の頭はクラクラし始める。逃げても無駄とはいえ、ろくに動けない自分の身体が恨めしい。

歯噛《はが》みする思いで見上げた正路の目には、闇色から紅蓮《ぐれん》の炎の色に変じていく、カギロイの妖《あやか》しの瞳《ひとみ》が見えた。

縦に開いた瞳孔《どうこう》が、シュンッと細くなり、赤い双眸《そうぼう》がひたと正路に焦点を据える。

「ふふ、世間では、もうすぐ人間どもがクリスマスだ正月だと浮かれ騒ぐ時期だ。僕からも、司野に可愛らしい嫌がらせをしてやろう。そして下僕君。君には、時間をプレゼントしよう」

「じ、かん？」

「そう。考え直すための時間をね。君が僕に鞍替《くらが》えすれば、それこそ司野は業腹だろう。そのときの、奴の顔が是非とも見たい。……いいかい、よく考えて、賢い判断をね。愚かな子犬だからこそ、賢い飼い主を選ぶべきだよ」

そう言うと、カギロイは再び正路の顔に向かって、手を伸ばしてきた。

また何かされるのかと、正路は思わずギュッと目をつぶって身を硬くする。

だが、痛みも苦しみも、正路に訪れはしなかった。

しばしの静寂の後、正路の耳に、低い旋律が聞こえた。

楽器かと思ったそれがカギロイの声だと気づいて、正路はそっと目を開けた。

カギロイは正路の顔の前で右手の人差し指と中指を揃えて伸ばし、口の中で小さく何かを呟《つぶや》いていた。

日本語かどうかすらわからない、奇妙な抑揚のついた詠唱だ。

（カギロイさん、いったい……術って、何の？　僕に何をするつもりなんだ？）

逃げられないし、拒めないなら、受け止めるしかないのだが、それにしてもわけがわからな過ぎて、恐ろしさを感じる余裕すらない。

せめて目を逸《そ》らしたくても、カギロイの燃える炎のような両目は、正路の瞳を捉《とら》えて離さない。

（どうしよう……。僕は、どうしたらいいんだ）

詠唱を続けながら、カギロイは、不意に左手を繰り出し、正路の頭頂部をガッと掴んだ。ヘビがカエルに飛びかかるときのような電光石火の行動である。

「……ッ！」

たちまち、正路の頭の中で眩《まばゆ》い光が弾《はじ》けた。

その光が、皮膚の下で今は眠っているはずの第三の目を貫き、凄《すさ》まじい痛みが額から全身に駆け抜けた。

悲鳴すら発することができず、全身を激しく痙攣《けいれん》させた正路は、そのまま意識を失った……。

三章　小さな手で

「……ち！　正路ッ！」

すぐ近くで名前を呼ばれ、容赦なく……それこそ全身がガクガクするくらい激しく両腕を掴んで揺すぶられて、正路は「うう」と苦悶《くもん》の声と共に息を吐いた。

息を吐いたら、次は吸う。

そんな当たり前のことすら、しばらく忘れていた気がする。

吸い込んだ空気は凍るほど冷たく、たちまちこみ上げる咳を、正路はこらえることができなかった。

「けひょ」

ゲホゲホと咳《せ》き込んだはずが、耳に聞こえた自分の咳は、酷《ひど》く頼りない、間の抜けた音だった。

だが、そんなことを気にしている場合ではない。

（そうだ、僕、カギロイさんに何かされて……）

思い出すなり、眉間《みけん》に埋もれている第三の目がズキズキと痛み始める。閉じた瞼《まぶた》を開けるのがつらい。

そこを発信源に、頭全体が締めつけられるような頭痛が起きて、閉じた瞼を開けるのがつらい。


しかし、「正路！」と幾度も自分を呼ぶ声が、司野のものだと気づき、正路は両目をどうにかこじ開けた。

外灯の白っぽい光を背にしていても、司野の端麗な顔は、正路にはよく見えた。

いつもは超然としている司野が、明らかに焦っている。それが、正路にはやけに嬉《うれ》しく思われた。

「おい！　これはどうしたことだ！」

司野は、痛いほど正路の両腕を鷲摑《わしづか》みにして、荒々しい口調で詰問してくる。

「カギロイ……さんは？」

司野が来てくれた。自分を心配してくれている。

その事実だけで十分過ぎるほど安心しつつも、カギロイのことを思い出し、正路はハッとして訊《たず》ねた。

だが同時に、自分の声に、どうしようもない違和感を覚える。

やけに、声が高く聞こえたのだ。

（ん？　僕の声って……こんなだった？）

一瞬、さっきカギロイに喉《のど》が潰《つぶ》れるほど絞め上げられたせいかと思ったが、それで声が嗄《しわが》れることはあっても、今のように、高く、どちらかといえば澄んだ声になることはないだろう。

司野は、カギロイの名を聞いた途端、最高にまずい料理を口にしたような渋面になった。

「奴なら、俺が駆けつけたときには、そこここにわざと『気』の痕跡《こんせき》を残して既に去っていた。忌々しい奴だ。犬の散歩でもあるまいに」

そのたとえが妙に可笑《おか》しく、また、カギロイが司野に危害を加えずに立ち去ったことに対する安堵《あんど》と相まって、正路は小さく笑おうとした。

しかし……笑い声が、また不自然だ。

これではまるで、ヘリウムガスでも吸ったときのような……。

「えっ」

別の違和感に気づいて、正路はやはりいつもよりずっと甲高い、驚きの声を上げた。

正路は今、司野に支えられて、地面に座りこんだ姿勢でいる。彼の真ん前にいる司野もまた、上等なスーツのスラックスの片膝《かたひざ》を、躊躇《ためら》いなく地面についている。

それなのに、司野の美しい顔が、やけに遠く感じられるのだ。

(距離感まで変だ。これってどういうことだろう)

「司野、僕、なんだか」

やはり我ながら奇妙な声でそう言いながら、正路はせめて自分の手で身体を支えようと、両手を地面に突こうとして……ついに気づいた。

両腕が、袖《そで》の中で泳いでいる。視線を下げてみると、カーゴパンツも靴も、まるで正路の身体が失われたかのように、地面に置かれている。

動いてみようとしても、ダッフルコートがやけに重くて、自由に手足を動かすのが難しい。何より……。

ダッフルコートの裾《すそ》の合わせ目からちょいと覗《のぞ》く自分のつま先の異常な小ささに、正路はギョッとした。

「何、これ」

「訊《き》きたいのは俺のほうだ」

司野は険しい面持ちでそう言うと、さっきカギロイがしたように、片手で正路の顎《あご》をグイと……いや、指二本でヒョイと摘《つ》まむようにした。

カギロイに比べれば、格段に力加減をしてくれているのだが、それだけで正路は「いたい」と情けない声を上げた。

「司野、もしかして、僕」

「気づいていなかったのか？　お前は今、幼子の姿になっている。まさに、今朝の夢で見た過去のお前の姿が、ここにあるぞ」

「……嘘」

ゆっくりと現実に気づきつつはあったが、司野に容赦なく指摘されると、改めてショッキングな事態である。

両手で自分の顔に触れてみたかったが、どうしてもコートの袖から手を出すことができそうにない。

「司野、僕、カギロイさんに」

「事情は、あとで聞く」

とりあえず、正路の身体に、小さくなった以外は大きな負傷がなく、まともに受け答えができることを確認して、ひとまずそれで気が済んだらしい。

司野は素っ気なく言うと、正路から手を離し、地面に落ちていた正路の靴とカーゴパンツを拾い上げ、これまた地面に転がっていた正路のショルダーバッグに詰め込んだ。

そしてそれを肩に掛けると、シャツとコートに包まれた、小さな正路の身体をヒョイと抱き上げ、立ち上がった。

司野の肘《ひじ》が、正路の尻《しり》をしっかり支えてくれてはいるが、幼くされた正路には、長身の司野に抱かれると、その高さが妙に恐ろしい。

そんな正路の恐怖を感じとったのか、「落としはせん」と無愛想に言って、司野は歩き出そうとした。

「とにかく、家に帰るぞ。この状態を誰かに見られでもしろ。俺は誘拐犯扱いされるに決まっている」

「ゆ、ゆうかいはん……」

そんな馬鹿なと言いたいところだが、今の自分たちを客観的にイメージすると、あまりにも司野が怪しい。

(そりゃそうだ、僕、司野の実子には、とても見えないだろうし)

命を奪われたわけではないにせよ、大変な事態だ。パニックに陥っても不思議ではないのだが、こういうときに、むしろ落ち着いてしまうのが、正路の奇妙な性格である。

「あ、あの、司野。ごめんなさい。鞄《かばん》を持ってもらって、その上申し訳ないんだけど」

舌の回りも、子供並みになってしまったのだろう。いつものように喋《しゃべ》りたくても、正路は、もったり、ゆっくりした調子でしか話せない。

司野は苛《いら》ついて、小さく舌打ちした。

「何だ？　早く言え！」

「ごめんなさい、あの、あれ」

コートの袖の中で一生懸命手を動かし、正路は少し離れたところに転がった、くだんの紙箱を司野に示した。

「何だ、あれは？」

「ツリーを、買ったんだ。クリスマスツリー。家に、飾ろうと思って」

至近距離で、司野の眉間にキリリと縦皺《たてじわ》が刻まれる。「黙れ、そんなものは要らん」と言われることを覚悟した正路だったが、司野は何も言わなかった。

ただ、正路を抱いたまま箱に近づき、膝《ひざ》をギリギリまで曲げて、正路を落とさないようにしつつ、どうにかもう一方の腕で箱を持ち上げた。

片腕に正路、もう一方の腕にツリーの箱を抱いて、まるで双子を運んでいるような有様だ。

「ほんとにごめんね、司野」

「詫《わ》びも、帰ってから聞く。まったく、そうやって無駄な寄り道などするから、カギロイの奴に目を付けられるんだ」

いくら何でもそれは難癖だと思いつつも、司野の腕に抱かれていることを実感すると、カギロイに遭遇してからずっと張り詰めたままだった心の糸が、ほんの少しずつ解《ほぐ》れてくるのを感じる。正路は、司野の広い胸に身体を預け、小さく微笑んだ。

その気配を敏感に察し、司野は渋い顔のままで「何だ？」と訊《たず》ねてきた。

「ううん。小さい頃、お母さんに似たような言葉で叱られたなって。『寄り道なんかするから、辺りが暗くなって、溝に落ちたりするのよ！』ってね」

正直に打ち明けた正路に、司野はますます不愉快そうな顔になる。

「お前の母になったつもりはないと言うのは、今日二度目だが」

「それはわかってるけど、何だか懐かしい」

「黙れ」

叩《たた》きつけるようにそう言うと、司野は歩くスピードを上げる。

ほんの短い時間ではあったが、正路は司野の胸で、不安と同じくらいの安心感を得、そして、体温などないはずの妖魔《ようま》の冷たい身体に、不思議な温《ぬく》もりを感じていたのだった。

「真っ直ぐ立っていろ。……ふむ、一メートルと三センチといったところか」

いつもは店の仕事で使うメジャーを手慣れた様子で扱い、司野は、茶の間に立たせた正路の身長を測った。

そのまま流れるようにスマートホンを操作し、「む」と小さな声を出す。

「五歳児の男児の平均身長よりは、いささか低いくらいだな」

どうやら、インターネットで、「人間の子供」の成長データを調べたらしい。正路は、そういう司野の現実的な事務能力に舌を巻きつつ、曖昧《あいまい》に首を傾げた。

「僕、赤ちゃんのときから、ずっと身体が小さかったそうだから。それはそうかも」

「では、現在のお前の身体が五歳相当というのは、間違いないのか？」

司野に問われ、突っ立ったままの正路は、申し訳なさそうにもじもじしながら「ごめん、わからない」と答えた。

「五歳のときに、自分の身体が五歳児相当かなんて、考えないもの。でも、鏡で見た感じ、確かに今の姿は、今朝の夢で見た頃の僕で……ああやって両親と寝ていたのは、幼稚園から小学校低学年くらいまでだったから。だから大ハズレではないと思う」

「ふん。まあ、どうでもいい。ただでさえ不出来な下僕のお前が、さらに役に立たん幼児に化かされただけのことだ」

司野の投げやりな発言に、正路は申し訳なさそうに項垂《うなだ》れる。小さな身体だけに、どうにも痛々しい様子だ。

無事に「忘暁堂」に帰宅して、真っ先に司野がしたのは、本来、司野のために正路がやろうとしていたこと……つまり、風呂《ふろ》の支度だった。

カギロイに手荒に扱われたせいで、正路の全身は土まみれだった。しかも、深刻な負傷はないにせよ、地面に倒れたせいで、あちこちに擦り傷ができている。

おまけに、正路の身体にカギロイの臭いが染みついていると司野は大いに不快がり、

「まずは風呂だ」となったわけだ。

　ところが、うっかり身体が小さくなってしまったせいで、入浴しようとする正路の動きが、どうにも危なっかしい。結局、司野も外出用のスーツを脱ぎ捨て、正路と共に入浴することになった。

（司野の裸……初めて見ちゃったな。顔が彫刻みたいに綺麗《きれい》だとはずっと思ってたけど、身体も彫刻だった。隅から隅まで、辰冬さん、妥協なしの「器」制作……）

　さすがにそんなことをこの状況で口に出すわけにはいかず、正路は無言で自分の身体を見下ろした。

　器物の山に埋め尽くされたこの家、もとい店にも、子供服の在庫はさすがにない。

　正路が持っている中でいちばん小さなトレーナーの袖口《そでぐち》を大きく折り返し、安全ピンで留め付けて、どうにかワンピースタイプの服として着用しているが、ズボンと下着については、どうすることもできなかった。

　トレーナーの裾《すそ》が膝あたりまで届くおかげで、脚が寒くてたまらないというほどではないが、それでも下半身がスースーして、なんとも落ち着かない。

　さっき、脱衣所でも浴室内でも、鏡で自分の姿、特に顔を直視する羽目になったので、カギロイの術で幼い身体に変化させられたことは、もう十分に認識し、受け入れている。

それでもなお現実味が薄いのは、やむを得ないことだろう。

正路は、未《いま》だに信じられない気持ちで小さな手を上げ、自分の頰に触れた。

もちもち、である。

元の姿でも、年齢を告げれば百パーセント「童顔だね！」と驚かれる正路なので、頰は同年代の男性よりはいささか丸みを帯びているかもしれない。だが、今の彼の頰は、明らかにぷっくりしていて、我ながら触り心地がいい。

いちばん目立つ擦り傷は右頰にあったが、それは入浴中、他の傷と共に、司野が舌打ち交じりに消した。

お互い素っ裸で、椅子にちょこんと腰掛けさせられた自分の前に、司野が片膝《かたひざ》をついて座っていた光景を思い出すと、正路の頰は、風呂から上がってしばらく経つというのに、ぼうっと上気してしまう。

「馬鹿馬鹿しいほど伸びるな、幼いお前の頰は」

面白そうに正路の頰をひっぱり、「あいたたた！」と悲鳴を上げさせてささやかな鬱憤晴《うっぷんば》らしをしながら、司野は傷口にこびりついた埃《ほこり》を湯で洗い流し、まだ生々しい傷口を丹念に舐《な》めた。

そして、存分に正路の血を味わってから、みずからの妖力を少しばかり使い、いかにも面倒臭そうに、そのくせ簡単に治してしまった。

「最初に出会ったときも、僕の傷、こんな風に消してくれたの？」

たどたどしい口調で訊ねる正路に、司野は最後に残った膝小僧の傷に手をかざしながら、ぶっきらぼうに答えた。

「あのときは、今より遥《はる》かに骨が折れた。文字どおり、折れ砕けた骨から再生せねばならなかったからな」

「そうでした……！　かさねがさね、ごめん」

「まったくだ。あとの小さな傷は、面倒だ、自分で治せ」

そう言って、指についた血をチロリと舐めると、司野はタオルにたっぷりとボディソープを取った。そして、「お前の身体についたカギロイの臭気を、まずは徹底的に落とすとしよう」と宣言した……。


「タオルで擦《こす》られすぎて、あちこちヒリヒリする」

つい、正直過ぎるコメントを口にしながら、正路は座布団の上にぺたりと座った。

いつもはやや小さめだと思っていた、ヨリ子が手仕事で仕立てたという座布団が、今はやけに大きく感じられる。座ったときの卓袱《ちゃぶ》台《だい》の天板も、やけに高い。

（僕、本当に小さくなっちゃったんだな）

「お前が、カギロイの臭いを無闇につけ回っていたからだ。保湿クリームを塗ってやったろうが」

「それはほんとに、感謝、してるんだけど」

ちょっと難しい言葉を口にしようとすると、途端に発音が不明瞭《ふめいりよう》になってしまうのが、どうにも情けない。

項垂れる正路をよそに、こちらはまだ半ば湿った髪のままの司野は、スエットとジャージというラフな出《い》で立ちで、メジャーを片付け、茶の間から店に下りた。

そしてすぐ、紙袋を提げて戻ってくる。

「とにかく、夕飯にするぞ」

そう言って、司野が卓袱台に並べたのは、金沢で購入したとおぼしき弁当だった。

平べったい、大きめの紙箱には、横から見た魚の絵と共に、「ますのすし」という文字が書かれている。

そしてもう一つのパックには、笹の葉で包んだ四角い何かがぎっしり詰まっている。

「ますのすし……鱒寿司《ますずし》だね。ええと、こっちは？」

首を傾げる正路に、司野は「笹寿司だ。何故か駅で寿司ばかり目につくので、旨《うま》いんだろうと当たりをつけて買ってみた」と答えた。

「そうなんだ。あっ、お茶！　お茶を煎《い》れ……られないか」

いつもの調子で立ち上がりかけた正路は、しおしおと座り直す。司野は、ふんと鼻を鳴らした。

「踏み台を使えばどうにかなるかもしれんが、この上、熱湯でも被《かぶ》られた日には、俺の手間が増えるばかりだ。いいから座っていろ」

「うう……ごめんなさい」

「これでも用意しておけ」

そう言って、司野が台所に向かう前に、紙袋から出して正路の前に置いたのは、軽くて小さな紙の袋だった。

「なんだろ」

正路が開けてみると、中には「宝の麩《ふ》」と書かれた、最中《もなか》のようなものが入っている。持ってみると、最中よりずっと軽くて、中で何かがカサカサ乾いた音を立てる。

幸い、正路の身体は子供にされても、頭脳のほうは大人のままだ。

思考はクリアで、知識や判断力は少しも減じられていないように感じる。

(そういう感じの主人公が活躍する話、アニメかマンガで見た記憶があるけど、確かに逆パターンよりは、だいぶマシではあるな)

妙な実感をしつつ、正路は小さな手で不器用に、添えられた栞《しおり》を開いた。

説明書きを読んでみると、どうやらこれは、最中の皮というか、麩焼きの器の中に具材を潜ませた、洒落《しゃれ》た商品であるらしい。

「なるほど、お吸い物のもと！　これなら、何とかなりそう」

正路は少し元気を取り戻し、ピョンと立ち上がった。歩幅の狭さに驚愕《きょうがく》しながらも、そこは狭い茶の間、すぐに水屋に辿《たど》り着く。

丈の低い水屋の戸棚ならば、子供の身体でもアプローチは容易《たやす》い。いつも使う汁物椀《わん》も、塗りの器で軽いので、子供の手でもちゃんと扱える。

「……あ」

それに気づいて、正路は重ねた椀を両手でしっかり持ち、立ち上がった。いつもよりうんと高く感じられる水屋越しに、水を入れたやかんを火にかけ、茶器の用意をしている司野の大きな背中を見上げる。

（司野だって、僕がいきなりこんなことになって、少しくらいは面食らってるはずなのに。僕が完全な役立たずにならないように、気を遣ってくれてる……？）

そんなことを言ってみても、司野は決して認めようとはしないだろう。しかし、たとえ身体が小さくなっても、そしてこなせる仕事があまりにささやかでも、できることが一つでもあるとわかっただけで、正路の心はずいぶん落ち着いてくる。

（たとえ、それが「お吸い物を作る」なんてことであっても、ね）

あまりの情けなさ、惨めさに泣きたくなるのも事実だが、泣いてみてもどうにもならないこともわかっている。

司野の下僕になって九ヶ月、理不尽なことも不可思議なことも幾度か経験し、気弱な正路も、少しは肝が太くなったのかもしれない。

（そう、お吸い物を作ることだけでも、できてよかった。とはいえ、肝腎《かんじん》のお湯を沸かす作業は、司野任せなんだけど）

司野の背中に感謝のこもった視線を投げてから、正路は汁物椀を持って、卓袱台に戻った。

余っている座布団を三枚重ね、その上に椅子に座るように腰掛けて、どうにか作業がしやすい環境を作り、吸い物の準備を始める。

まずは汁物椀の底に、添付の小袋の封を切って、粉末状の出汁《だし》を入れる。それから、カリッと焼かれたふやきの中央を指で押して、やや大きめの穴を空けるのだが、これは、今の正路の小さな指先では、なかなか骨が折れた。

一つ目は失敗していかにも不細工な穴を開けてしまったので、それは正路自身の分にする。幸い、二つ目は幾分マシな、瓢箪《ひょうたん》形の穴が開いた。

穴からは、ふやきの器の中に詰まった、乾燥葱《ねぎ》や色とりどりの小さな細工麸が見える。おままごとのように可愛らしい設《しつら》えだ。

やがて、司野がシュンシュンと音を立てているやかんを持って来て、正路が開けた穴めがけて熱湯を注いだ。

たちまち穴から葱、ワカメ、可愛らしい麩などが飛び出してきて、具材の入れ物代わりだったふやきも、ゆっくりとふやけていく。

「綺麗《きれい》だね」

正路の感想に特に反応することなく台所へ引き上げた司野は、ほどなく茶器が載った盆を手に戻ってきた。

「十分に冷ましてから飲め。幼子には、熱い茶など過ぎた贅沢《ぜいたく》だろう」

そう言って、司野は自分の前には湯呑《ゆの》みを、正路の前には小振りなマグカップを置いた。子供の手でも持ちやすいようにという意外な配慮に、正路は目を丸くする。

「……ありがとう」

挨拶《あいさつ》の習慣がない妖魔《ようま》だけに、正路の感謝の言葉に返事はない。

司野は紙包みを開け、丸い円盤状の鱒寿司を、添付のナイフで器用に切り分けた。ピザのような形の一切れを、自分と正路の取り皿に置く。笹寿司も、一つずつその脇に添えた。

「とにかく、飯を食え。お前、カギロイに『気』を奪われただろう。かなり弱っているぞ」

司野に鋭く指摘され、重ねた座布団にちょこんと腰掛けた正路は、たちまち身を硬くした。幼い顔が、後悔に強張《こわば》っている。

「ごめんなさい」

主《あるじ》以外の妖魔に「気」を奪われるなど、下僕失格と詰《なじ》られても反論の仕様がない失態だ。司野に罵倒《ばとう》されても仕方がないと、正路は小さな手で、これまた小さな膝小僧《ひざこぞう》をギュッと握り締めた。

しかし司野は、つっけんどんではあるが、特に立腹した様子のない口調で応じた。

「人間の身で、カギロイに対して出来ることなど何もあるまい。命があっただけでも上出来だ」

咎《とが》められなかったことに驚く正路に、司野は取り皿を指さしてみせた。

「いいから食え。人間が奪われた『気』を取り戻すには、食って寝るしか方法があるまい。今できる努力を怠るな」

「……はい」

正直、食欲など微塵《みじん》もなかったが、それがご主人様の命令であるならば、と、正路は箸《はし》に手を伸ばした。

しかし、子供の手に、大人用の長い箸はどうにも扱いにくい。

「あ」

「うう、駄目だ。手でいただきます」

やむなく、正路は両手で鱒寿司を持ち、パクリと頬張ってみた。

「口も小さい……！」

目で見る自分が齧《かじ》った量と、口の中に感じる食べ物のボリュームが、どうにもちぐはぐだ。身体は子供のサイズになっているのに、脳に蓄積された経験のデータはそのままなので、そのアンバランスが、正路を酷《ひど》く落ち着かない気持ちにさせた。

ただ、幸いなことに、味覚自体に違和感はなかった。

強めに酢を利かせたご飯は、薄切りの鱒《ます》と共に固く押されていて、子供の手でも食べやすい。

「おいしい」

正路がしみじみとそう言うと、司野は、自分も手づかみで鱒寿司《ずし》を頬張り、頷《うなず》いた。

「辰冬に式にされたばかりの頃は、俺も箸が使えず、癇癪《かんしゃく》を起こして何十本もへし折った。今でも、こうして手づかみで食える飯は嫌いではない」

急に昔のことを語った司野に、正路はもちょもちょとリスのように鱒寿司を食べながら目を瞠《みは》った。

「平安時代から、お箸ってあったんだ？」

「当時は、柳の箸を使っていた。俺が折った箸を、辰冬はせっせと庭の柳の根元に埋めていたな」

「お墓を作るみたいに？」

司野はニヤッとして頷いた。

「ああ。役割をまっとうできなかった哀れな箸を、せめて仲間のための糧にしてやらねば、などと嘯《うそぶ》いていたものだ」

「うそぶいてって……気持ち、わかるよ。辰冬さんは、優しい人なんだね」

正路がそう言うと、司野はたちまち笑みを消し去り、ボソリと吐き捨てた。

「優しいと甘いは違う。奴には、妙に甘いところがあった。それだけのことだ」

亡き主、辰巳辰冬の話をするとき、司野はいつも、懐かしさと嫌悪が入り交じったような、複雑な感情を見せる。

正路は、断片的にしか彼らのことを知り得ないが、確かに、奇妙な関係性だ。

（人喰《ひとく》い鬼だった司野を負かした辰冬さんは、司野の命を助けて、自分の僕《しもべ》にした。一緒に暮らして、人間の暮らしを教えて、うんと可愛がって……でも、最終的には、司野を壺《つぼ》に閉じこめて、地中に埋めちゃったんだよね。どうしてそんなことになったんだろう）

司野から辰冬の思い出話を聞くたびに、正路は二人の「別れ」が何故そうなったのかが不思議でならない。だが、その疑問をストレートに司野にぶつけることは、どうにも躊躇《ためら》われる。

主を亡くして千年以上経つ今も、司野自身が、辰冬に対する感情を整理しかねていることが、言葉の端々、表情のひとつひとつから察せられるからだ。

正路が喋《しゃべ》るのをやめると、もとから口数が多いほうではない司野も何も言わなくなる。重い沈黙が、食卓に落ちた。

しかし、その沈黙をほどなく破ったのは、司野のほうだった。

「新幹線を降りたところで、式が結界に何者かが侵入したと知らせてきた」

驚いた正路は、齧りかけの鱒寿司を持ったまま、司野を見た。

「式って……」

司野は部屋着の胸ポケットから、何かをすっと取りだして、卓袱台《ちゃぶだい》の端に置いた。

それは、白い半紙を折って作った、小さな鶴だった。

「可愛い！　司野が折ったの？」

「折紙の鶴に、虫けらほどの力もない弱い妖魔を宿らせてある。伝令や、見張りに使うには、これで十分だ」

「……すっごい。ドローンみたいだね！」

「むしろ、ドローンが式のようなものだと表現するのが筋だろう。これも、辰冬に教わった術のひとつだ」

「つまり、僕を下僕にしたのと同じように、司野は弱い妖魔を捕まえて、そんな風に使ってるんだ？」

「ああ。見返りに俺の妖力を喰わせて、飼っている。念のため、お前の安否を確認しようと式を飛ばしたが、いち早く気づいたカギロイの奴に落とされたようだな。奴の存在を感じた直後から、式の気配が途絶えた」

司野の話はまるでファンタジーかSFのようで、正路はただぼんやりしてしまうばかりだ。

「じゃあ、戻ってきてから、僕を探してくれたの？」

そういえば、公園で意識を取り戻したとき、司野は出掛けたときのスーツ姿のままだったことに、正路は今さらながらに気づいた。

「探すまでもない。俺の下僕になったときから、お前の所在など、俺がその気になればすぐにわかる。契約というのは、そういうものだ」

「そういや、ロンドンでもそうだったもんね。……あのときも今日も、来てくれてありがとう、司野。君の顔を見たとき、物凄《ものすご》く安心した。そのあと、自分の身体がこうなってるのに気づいて、死ぬほどビックリしたけど」

「厄介なことだ」

投げつけるようにそう言って、司野は手元の笹寿司に手を伸ばした。青々した笹の葉の包みを解くと、正路のほうまで、笹の香りがふわっと漂ってくる。

「これも鱒……いや、鮭か」

そう呟《つぶや》いて、司野はガブリと笹寿司を頬張る。ワイルドだが、どこかに感じられる品のよさは、主の辰冬、そして「忘暁堂」先代主人夫婦から受け継いだものなのだろう。

(カギロイさんとは真逆だな。カギロイさんは、普段は本当に貴公子みたいだけど、本性は違う。もっと暗くて、熱くて、ドロドロしたものを感じた)

カギロイに触れられたときのことを思い出すと、正路の身体に寒気が走る。

これまでの人生で、人間の悪意に触れたことがないとはとても言えない身の上である。どちらかといえば、いじめられっ子の部類に属すると自覚はしている。

それでも、カギロイが纏《まと》う邪悪は、そうした人間の闇とは比べものにならない濃さだった。

「もっと食え。手も口も止まっているぞ」

「う……はい」

司野に促されて、正路も鱒寿司をひと切れ、ようやく食べ終え、笹寿司の包みを不器用に外した。

「あ、僕のは牛しぐれだって。……あの、司野」

「何だ?」

「お風呂《ふろ》に入って、お腹にご飯も入れて、ちょっと落ち着いてきた。カギロイさんと何があったか、話してもいい？」

「簡潔に話せ」

司野が了承したので、正路はもたつく子供の舌に苦戦しながらも、公園でのカギロイとのやりとり、そして彼が自分にしたことを、記憶にある限り語った。

むしゃむしゃと寿司を平らげながら無言で聞いていた司野は、正路が口を閉じると、

「そんなことだろうと思っていた」と、特に驚いた様子もなく言った。

「司野は、どうして今、カギロイさんが僕たちにちょっかいを出してくるのか、わかってるの？　昔の因縁、とか？」

「知ったことか。昔の因縁といったところで、辰冬と出雲玄鉄が対決したあの夜、俺と陽炎は初めて見《まみ》え、戦った。それだけの縁だ」

切り口上で応じた司野は、少し黙り込んでから、ボソリと言った。

「だが、お前の話から、奴が確実に何かを企《たくら》んでいることがわかった。それは収穫だ。単に糧を得るため、あるいは遊びで、人間どもから『気』を奪っていたわけではないこともわかった。何かを為《な》すために、奴は音楽家の真似事をして、妖力《ようりょく》を蓄えていたんだ」

正路も、司野に目で「食え」と再び促され、皿に置いたままだった食べかけの笹寿司を再び持って頷いた。

「そのあたりのこと、うっかり口を滑らせたみたいな感じにカギロイさんは言ってたけど、あれ、わざとかな」

「だろうさ。余裕を見せているんだろう。たとえ企みを知られたところで、お前たちは障害にはならぬ、取るに足らない存在だと」

「なんか……なんかちょっと腹が立つな、それ。僕はともかく、司野は」

司野を貶《けな》されたことを思い出すと、正路は改めて腹を立ててしまう。だが、いつもは怒りっぽいはずの司野は、対照的にいたく冷静だった。

「単なる事実だ。お前が腹を立てる必要はない」

「でも」

「封印されたまま、千年余りを命からがら生き延びた俺と、その間、おそらくは自由に振る舞っていた陽炎。その差は大きい。今日明日で、容易に埋められるものではない」

「それは、そうかもだけど」

「だが、奇妙だな。出雲玄鉄のことを、主《あるじ》と思ったことはない。奴はそう言っていたんだな？」

正路はこくりと頷《うなず》く。

「そこは間違いないよ。僕もビックリしたから、よく覚えてる。辰冬さんの命を奪ったのも、出雲玄鉄の仇討《かたきう》ちなんかじゃないって言ってた」

「ふむ。それは俺にとっても意外だ」

司野は、二切れ目の鱒寿司《ますずし》を皿に取りながら、軽く眉《まゆ》をひそめた。

正路も、不器用に箸《はし》を握り、汁物椀《わん》の中身をぐるぐる掻《か》き混ぜながら頷いた。

「辰冬さんを殺したのは、生かしておいたら余計なことをするから……みたいなことを言ってた。こうきょの……」

うっかり舌をもつれさせた正路が言わんとしたことを、司野は正確に推測してみせる。

「後顧の憂いを絶つ、か」

「それ！　それってつまり、辰冬さんを殺そうと思ったときにはもう、カギロイさんの中には、何か計画があったってこと？　それも、ずいぶん長期的な」

「そういうことになるな。俺は封じられた壺《つぼ》の中で、陽炎が辰冬を殺し、何処へともなく飛び去るのをただ見ていた。これで亡き主への義理を果たし、奴は自由の身になったのだ……と思っていたんだが」

「実は出雲玄鉄はカギロイさんのご主人様じゃなかった？」

「形の上ではそうだったかもしれんが、実情は違ったという可能性が出てきたな」

司野は、鱒寿司を咀嚼《そしゃく》しながら、短く応じた。司野の旺盛《おうせい》な食欲を目の前にすると、正路も、もっと食べなくてはという気持ちになる。

ようやく冷めた汁物に口をつけてみると、優しい味わいの出汁《だし》に、ふやけてちゅるんとなったふやきが何とも旨《うま》い。

「っていうと？　カギロイさんのご主人様は、他にいたってこと？」

「可能性の一つではある」

「なるほど。辰冬さんと出雲玄鉄が戦ったとき、カギロイさんが加勢に来たのは、実は玄鉄がご主人様だったからじゃなく、本当のご主人様にそうするように命令されたから、かもしれない？」

「そう考えれば、あのとき、陽炎が玄鉄をあっさり見捨てて逃げた理由も……いや、違うな。あのとき、奴は言っていた。『あんな不甲斐《ふがい》ない男でも、今は我の主だ』と」

正路は椀を卓袱台《ちゃぶだい》に注意深く置き、小首を傾げた。

「じゃあ、玄鉄さんは確かにカギロイさんのご主人だったけど、カギロイさん自身は、それを認めていなかった……？　無理やり、僕《しもべ》にされたってことかな？」

「望んで人間に使役される妖魔なぞいまい。俺とて、辰冬の式になりたいと望んだことは一度もなかった。今も、奴の呪《しゅ》に縛られていることを疎ましく思っている。しかし」

「しかし？」

「だからこそ、妖魔が、主でもない人間を、わざわざ主だと明言する理由がない。それは、己を貶《おとし》める行為だからな」

「確かにそうだね。何だかよくわからなくなってきた」

「俺にもわからん。だが、ひとつだけ、気になることが」

「えっ、何？　うわッ」

思わず、いつもの調子で身を乗り出した正路は、突然、畳の上に転がってしまい、驚きの声を上げた。大きなアクションのせいで、積み上げていた座布団のバランスが崩れてしまったのである。

「ご、ごめんね、司野。それで、何？　気になることって」

話の腰を折ってしまったことを詫《わ》びつつ、正路は続きを聞きたがる。しかし司野は、小さく首を横に振った。

「いや。推測であれこれ言ってみても始まらん。今は、お前の身体をどうにかするほうが先決だ」

「それは……確かに」

正路は、えっちらおっちらと座布団を積み直し、注意深く座り直した。そして、トレーナーの厚い生地の上から、自分の腹に手を当てる。

「当たり前だけど胃袋も小さくなってるから、もうお腹いっぱい。……これ、たくさん食べて寝て、『気』が戻ったら、僕の身体も元どおりになるんだろうか？」

期待を込めた発言だったのだが、司野はそれを冷淡に打ち砕いた。

「そんなわけがあるか」

「うう」

「お前の身体がそうなったのは、陽炎の呪のせいだ。本人がご丁寧に、お前にそう教えたんだろうが」

正路は、記憶をたぐり寄せ、確認しながら頷く。

「うん。辰冬さん仕込みの結界で鬱陶《うっとう》しい思いをさせられたから、こっちも人間の術を使って嫌がらせをする……みたいなニュアンスのことを言ってた」

「そして、宣言どおりのことをしたわけだ。勝手に人の結界に爪痕《つめあと》を残しておいて、嫌がらせとは筋違いもはなはだしい」

変なところで本当に腹を立てているらしき司野に、正路は困り顔で訊《たず》ねた。

「そこはしっかり怒るんだ。……あの、これって、何とかなるの？」

「何とか、とは？」

「勿論《もちろん》、元の身体に戻れるかどうかってこと。本来は僕が自分でするべきなんだろうけど、何をどうしていいかわからないから、司野にお願いするしかないと」

正路がそう言うと、司野はあからさまに不愉快そうな顔つきになり、小さく舌打ちまでした。

「簡単に言うな」

「簡単だと思ってるわけじゃないよ！　だけど」

「少なくとも現時点では、打つ手がない」

「ええっ？」

司野にしては珍しい、真正面からの降参宣言に、正路は面食らってしまう。

だが、司野は極めて冷静に告げた。

「大原則として、呪というのは、それをかけた術者でないと解くことができない」

「……つまり、カギロイさんが解いてくれないと駄目ってこと？」

「そうだ。あるいは、術者の命を絶てば、多くの呪は消えるか、弱体化する。そうすれば解除できるだろうが……」

「今、カギロイさんに勝つのは難しい、よね。たとえ弱っていても」

「ダメージを受けている今の奴であっても、殺すのは難しかろうな。俺と違って、奴は魂を器に封じ込められているわけではない。好きな姿になり、あるいは姿を消して行方を眩《くら》ませることも自在だ。追いかけ、追い詰めることが、まず難しい」

（そういえばカギロイさん、そんなことも言ってた！）

まだ亡き主《あるじ》の呪に縛られたままの司野を揶揄《やゆ》したカギロイの表情と声音を思い出し、

正路の胸の中に、また小さな炎が点《とも》る。

だが、それを今の司野に告げたところで、ますます機嫌を損ねてしまうだけだろう。

そう考えて、正路は、胸に浮かんできたカギロイの嘲《あざけ》りの言葉を、再び深いところへと押し戻した。

「じゃあ、どうしようもないってこと？　僕はずっとこのまま？」

「落ち着け。現時点では、と言った」

司野の言い様が理解しきれず、正路は戸惑うばかりである。

「現時点ではってことは、時間をかければ何とかなる方法が……？」

「今は何とも言えん。だが、少なくとも奪われた『気』を戻すことは、無駄にはならんだろう。しばらくは、食って寝るのがお前の仕事だな。余計なことは考えず、あとのことは俺に任せておけ」

いかにも楽な仕事だな、と付け加えて、司野は意地の悪い笑みを浮かべる。

「……ごめんなさい」

返す言葉はそれしかなく、正路はしょんぼりと項垂《うなだ》れるしかなかった。

その夜、正路は、司野に呼ばれ、彼の部屋で眠ることになった。

「今のカギロイが、わざわざ結界に入り込んで何かするとは思えんが、念のためだ。

今夜は俺の傍にいろ」

司野にそう言われては、正路に異論のあろうはずはない。

むしろ、ひとりで床に入ると、色々ととりとめもないことを考えてしまいそうなので、むしろありがたい気持ちで、正路は司野の布団に潜り込んだ。

灯《あか》りを消して、司野も布団に入ってくる。

大人の身体で共寝するときと違い、今の正路では、一つ布団でもかなり余裕があった。

(手足、動かせちゃうな)

トレーナーを薄手のTシャツに着替えただけなので、脚を動かすと、やはり下半身がヒヤヒヤして心地が悪い。

(裸で寝る人もいるっていうけど、僕は無理そう)

そんなくだらないことを考えながら、正路は、食事のときに浮かんだ疑問を、思いきって司野にぶつけてみることにした。

「司野、ちょっとだけ訊《き》いてもいい？」

「寝ろ」

「気になって眠れないと困る。ちょっとだけでいいから」

「……好きにしろ」

変なところだけ頑固で、粘り腰。正路の、気弱さと内気さに隠れたそんな性格を、司野も把握しつつあるらしい。投げやりではあるが承諾の返事を貰《もら》って、正路は「ありがとう」と感謝してからこう切り出した。

「さっき、司野、言ったよね。術者が死んだら、多くの呪《しゅ》は消えるか弱体化するって」

徐々に暗がりに慣れてきた正路の目には、仰向《あおむ》けに横たわり、天井を見上げている司野の横顔が見える。

「それが何だ」

「なのに、司野はどうして、辰冬さんが亡くなって千年以上経つ今も、ずーっとその呪に縛られたままなの？」

「それは当然、辰冬が手を打ったからだ。自分が死した後も、俺にかけた呪が存続するように……ッ」

実に素朴な質問であったが、それゆえに、術者のことわりに親しみすぎていた司野にとっては、まさに「灯台もと暗し」なことだったらしい。

さも当然といった調子で答えかけた司野は、ハッと息を呑《の》み、独り言のようにこう続けた。

「俺はそれを、『罰』だとばかり思っていた」

「罰？」

「辰冬は、いつも言っていた。『お前は生きて、善なるものを知り、善なることを為《な》すのだ。それは、己《おの》が楽しみのために他者の命を弄《もてあそ》び、惨《むご》たらしく奪ったお前への罰であり、お前がただひとつ出来うる償いであり、結果としてお前を救う道となろう』と」

正路は、司野が静かに告げたその言葉を、胸の中で噛《か》みしめた。辰冬の司野に対する静かな情熱、深い愛情が感じられるように思われる。

だが司野のほうは、感情のこもらない声で言った。

「だが、奴がどう骨を折ろうと、俺には人間の言う善というものが何なのか、さっぱりわからなかった。だから辰冬は、俺を見限り、壺《つぼ》に封じて、都の守りに活用することにしたのだろう。それが、奴が俺に新たに科した、俺が壺の中で力尽き、滅するまで続く『罰』なのだろうと……俺は考えた」

「それで、辰冬さんに腹を立てて、恨んでるんだ？」

「そんな簡単なことではない。勝手にことを単純化するな」

厳しく叱責《しっせき》され、正路はヒュッと小さな身体を震わせる。

「ごめんなさい、僕」

「だが……辰冬の思惑は、それだけではなかったのかもしれん。カギロイの言い様と、今のお前の質問で、推論が一つ、生まれた」

「推論？」

司野は、そこでようやく正路のほうへ首を巡らせた。

「出雲玄鉄が闇に葬られて以来、辰冬は、奴のことは何も語らなかった。俺は、事が片付いたからだろうと思っていたが、もしかすると辰冬は、玄鉄の死をもって出雲親子の企《たくら》みが潰《つい》えたとは、考えていなかったのかもしれん」

「まだ、何かある、誰かいると思ってたってこと？」

「おそらく。だが、陰陽寮の、ひいては朝廷の連中を説得し、調査と警戒を続行させるだけの根拠がなかったのだろう。そして……もしかすると辰冬は、己が死の遠くないことも、感じとっていたのかもしれんな」

司野の推論に、正路はビックリして、ただでさえいつもより高い声のトーンを一段上げてしまう。

「そんな！　自分が、カギロイさんに殺されることが、わかってたってこと？」

「うるさい。キャンキャン吠《ほ》えるな。……相手が陽炎だと思っていたかどうかは俺の知ったことではないが、当然、出雲親子の仲間の存在を想定していたはずだ」

司野は、遥《はる》か遠い日を思い出すように、すっと切れ長の目を細めて言った。正路は、自分の枕に頭を乗せたまま、小さく首を傾げる。

「それなのに、自分を守ってくれるはずの司野を壺に封印しちゃうなんて、おかしくない？」

正路がそう言うと、司野はむしろ可笑《おか》しそうに、軽く目を見開いた。

「おい、正路。お前、その身体になってからのほうが発言が冴《さ》えているぞ。いっそ、ずっとそのままでいたらどうだ？」

「ちょ……からかわないでよ。そりゃ、大人の僕だってろくに役に立たないけど、この身体だとなおさらだもの。早く戻りたいよ。それより……」

司野は真顔に戻って、短く言った。

「わざと、俺を自分から引き離した」

「えっ？」

「辰冬と共にいれば、何があろうと、誰が相手だろうと、俺は主を守るべく身を張る。奴のことをどう思っていようと、それが契約だ。だが、襲撃を受け、万が一、俺が敵に敗れれば、辰冬は己が命と己が武力の両方を失うこととなる」

「……術は辰冬さんの担当でも、実際に戦う力は司野の担当ってことだね？」

「ああ。だからこそ、奴は俺を封じ、地中深くに隠したのかもしれん。そうしておけば、皆、俺はただの呪具《じゅぐ》に変えられたと考えるだろう」

「な……る、ほど！　戦闘力にカウントされなければ、警戒されることも、注目されることもない？」

「そういうことだ。やはり、今夜のお前は冴えている。『大男総身に知恵が回りかね』という諺《ことわざ》が、現実味を帯びてきたな」

「もう、僕はもとから大男じゃないよ！　それより、辰冬さんは、司野を……」

「単に都の守護に使うだけなら、俺を本当に呪具に変えてしまえばよかったんだ。この人間の『器』を取り上げ、魂をただの石にでも変じてしまえば、俺は未来永劫《えいごう》、都を護《まも》る装置の一つになり果てたはず。そのほうが、ずっと安全だ。それこそ、後顧の憂いもない」

「た……確かに」

「なのに、そうしなかったのは、奴が俺によほど失望し、腹を立て、できるだけ長く苦しめてやろうと考えたからだ……と、俺はずっと思っていたが」

「もしかしたら、わざと？　司野を司野のままで、辰冬さんが死んだあともずっと、生き延びさせるために？」

「生き延びさせ、自分亡き後に発動すると辰冬が予想した、出雲親子の企みを挫《くじ》くために、俺を」

そこまで言って急に黙り込んだ司野は、不愉快そうに唇を歪《ゆが》め、「いや」と首を横に振った。

「司野？」

「それならば、すべてを俺に打ち明けるべきだった。その上で、主《あるじ》として命じればよかっただけのことだ。『自分亡き後はどこかに潜み、出雲親子一味が何かしでかそうものなら、お前が止めよ、今度こそ首謀者とカギロイの息の根を止めよ』と」

「それは……うん、確かに」

「そして、主従の契約は残し、俺にいくらか力を戻して、自分は天寿を全うすればよかっただけのことだ。ああ、俺としたことが、好意的な解釈をし過ぎた。今のはなかったことにする」

「ええっ？」

「もうお前の質問には答えた。寝ろ」

司野はそう言って、正路をジロリと睨《にら》んだ。

司野の日本刀を思わせる双眸《そうぼう》には、明らかな苛立《いらだ》ちの色がある。ただ、暗がりでもありありと感じ取れるそれは、正路に向けられたものというより、彼自身に対するものであると、正路には感じられた。

「僕は確かに、何も知らない部外者だけど」

正路は、勇気を振り絞って、再び口を開いた。

「そのとおりだ。余計なことを言うなよ」

「でも！　司野がさっき言った『推論』、全部は間違ってないいんじゃないかと思う。

勝手な感想だけど、辰冬さんは……んぐ」

布団の中から目にも留まらないスピードで出てきた司野の手が、正路の小さな口を容赦なく塞《ふさ》ぐ。

目を白黒させる正路に、司野は怖い顔で凄《すご》んだ。

「余計なことを言うなと言ったはずだ。辰冬の呪《しゅ》のせいで、その口をもぎ取れないのが残念でならん。だが、三度目はないぞ。布団から蹴《け》り出されたくなければ、黙って寝ろ」

正路がこくこくと忙《せわ》しく頷《うなず》いて了承の意を伝えると、司野は正路から手を離し、ゴロリと寝返りを打って、背を向けてしまう。

虎の尾を踏んでしまった後悔と恐怖で、正路の心臓は、まさに早鐘のように打っている。とても眠れそうにない。

それでも、これ以上の会話は、司野を苛《いら》つかせてしまうだけだろう。

今は、意地でも眠るしかない。少しでも「気」を戻し、元の姿に戻る方法が見つかったとき、それを実行できるように努力する。それが、正路にできるただ一つのことだ。

「おやすみなさい」

囁《ささや》き声で挨拶《あいさつ》をして、少し躊躇《ためら》ってから、正路は目の前の司野の広い背中に、自分の額をちょんとくっつけた。

司野はほんの少し身じろぎしたが、正路を拒みはしなかった。

そのことに少し慰められ、許された気持ちになって、正路はそっと目を閉じたのだった。

四章　役立たずの意地

目が覚めたら、ヒョイと元の姿に戻っていたりはしないだろうか。

そんな儚《はかな》い望みが叶《かな》うはずもなく、翌日も正路は、少しも変わらぬ五歳児（推定）のままだった。

しかももうすぐ午後一時になろうという今、正路は「忘暁堂」というか、自宅の茶の間で、ぽつねんとひとりぼっちで座っている。

司野は、今朝十時過ぎ、「仕事の打ち合わせがある」と言い残して出かけてしまった。

「力を戻したいはずの今の陽炎が、そう足繁くちょっかいを出してくるとは思えんが、念のため、家の結界を強化しておいた。いいか、絶対にひとりで外へ出るなよ」

司野にそう言われては、わかりましたと素直に頷くしかない。

幸い、先代店主の妻ヨリ子が晩年、司野が料理をするのをそこに座って見守っていたという木製の踏み台があるので、それを駆使して朝食後の食器を洗い、洗濯機を回すことはできた。食器を拭《ふ》いて片付けるのも、水屋が低いおかげで、時間はかかったがどうにかなった。

しかし、掃除機については、今の正路には大きすぎて上手《うま》く扱えない。店の煉瓦《れんが》床掃除用の箒《ほうき》とちりとりも同様だ。

せめて床の拭き掃除だけでもと思ったが、これまでの仕事ですっかりくたびれてしまい、休憩せざるを得なくなったというわけである。

(やっぱり、カギロイさんに「気」を奪われたせいなのかな。すぐ疲れちゃう。しっかり食べて、司野の隣で朝までぐっすり寝たけど、そう簡単には戻らないか)

誰もいないのをいいことに、正路は座布団を枕にして、畳の上にゴロリと横たわってみた。

全身から意識的に力を抜くと、ほうっと、子供の身体に似つかわしくない年寄り臭い溜《た》め息が漏れる。

(そういえば五歳の頃も、僕はこんな風にしてたな)

正路は目を閉じ、遠い記憶を辿《たど》った。

普通ならば、五歳といえば、疲れ知らずのイタズラ盛り、無邪気に遊び回って、大人たちを振り回す年頃だろう。

だが、病気がちだった正路は、喘息《ぜんそく》の発作を起こしたり、扁桃炎《へんとうえん》になって高熱を出したりと、やたら床についていることが多かった。

布団の中で、外で遊ぶ子供たちの声を羨《うらや》ましく、切なく聞いていたことなどを思い出して、正路はもう一つ、今度は小さな溜め息をついた。

「まさか、術で子供にされたからって、病弱な僕に戻ったわけじゃないだろうけど」

そう言いながらもふと不安になり、正路は自分の額に手を当ててみた。

ひんやりした感触からして、熱はなさそうだ。

(この感じ、懐かしいな)

五歳の頃は、祖父母も両親もそれぞれの仕事に大忙しで、正路は、いつもは両親と共に眠る和室にひとり残されていた。

たまに母親か祖母が様子を見に来てくれるのを心待ちにしていて、わざと寝たふりをして、頭や頬に優しく触れて貰《もら》うのが楽しみだったものだ。

(今、寝たふりをしていても、司野はそんなこと、絶対してくれないけど)

司野の「おい、起きろ」という不機嫌そうな声ですら、今すぐ聞きたくて、正路は昨夜からずっと着続けているトレーナーの胸元をそっと押さえた。

そのときはまだ大人の身体だったが、カギロイに口づけられ、「気」を奪われたときのことを思い出すと、半日以上経ってもまだ全身がぞぞっと総毛立つ。

(嫌だった。本当に……怖くて、気持ち悪くて、逃げたいのに身体になかなか力が入

らなくて、あんなこと、初めてだった）

恐怖に支配されるというのは、ああいうことなのだろうか。

正路は目を開けて、そっと自分の腕をさすりながら、そんなことを考えた。

心が少し落ち着き、昨日よりは少し冷静に、カギロイとのやりとりを振り返ることができそうだ。

（声も出せなかったし、出したって誰も来てくれなかっただろうし。……最終的には突き飛ばせてよかったけど、本当はもっと早く、唇が触れる前にやめさせたかった。だって、僕は）

僕は、司野の下僕なのに。

司野のためだけに「気」を捧《ささ》げるべき自分が、みすみすカギロイに触れさせてしまったこと、しかもキスで「気」を奪われてしまったことに対して、正路の胸には自分でも不思議なほどの罪悪感がある。

昨日、風呂《ふろ》で執拗《しつよう》なまでに正路の身体をタオルでゴシゴシと擦《こす》る司野に、正路は何度も半泣きで謝った。

正路にはわからないが、司野の妖魔《ようま》の鼻にはわかるカギロイの臭いが、自分の身体に染みついている。そう思い知らされることが、とてもつらくて申し訳なかったのだ。

司野は「お前が詫《わ》びる必要はない」と言ってくれたが、渋い表情を見れば、彼がそのことを不快に思ってるのは明らかだった。

(そりゃそうだよね。不可抗力ではあっても、自分の下僕が、自分のご主人様の仇《かたき》にエネルギーをあげちゃったわけだもん。面白くないよ、そんなの)

一夜明けて、つくづく司野の不愉快さに思いを致し、申し訳なさが募る正路である。

(悪いことしちゃったな。司野、僕みたいなのを下僕にしちゃって、むしろ大変なこととか手間要りなこととかが増えたんじゃないだろうか。少なくとも、使うお金は確実に増えたよね。衣食住、本気で丸抱えしてもらってるし、予備校にまで行かせてもらってるし……)

考えれば考えるほど、自分を下僕にしたことで、司野に損をさせているのではないかと感じてしまい、正路は軟らかな頬を座布団に押しつけた。

(それなのに、唯一喜んでもらえる「気」を、カギロイさんに取られちゃって。今の僕には、もう何の取り柄もないじゃないか)

「ああ……」

今度は絶望の溜め息が、小さな唇から漏れる。

そのとき、ガチャガチャと、店の入り口の扉を解錠する音が聞こえてきた。

(帰ってきた!)

なんだかんだと思い悩んでいても、司野が帰ってきたと思うと、正路の胸にたちまち活気が漲《みなぎ》る。彼は小さな身体で、ガバッとジャンプするように起き上がった。

「司野、お帰りなさい！」

待ちかねていたせいで、まだ姿が見えないうちから、開き始めた扉に向かって声を掛けてしまう。

返事の代わりに、扉に取り付けた南部鉄の火箸《ひばし》が、触れ合ってチリンチリンと澄んだ音を響かせた。

本当は、今すぐ店の入り口へ駆けつけて出迎えたい気分なのだが、いつもなら簡単にクリアできる茶の間と店舗スペースの段差が、今の正路にはあまりに高い。

運動神経のいい子供なら、元気よく飛び降りることだろう。しかし、自分の鈍くささに自覚がある正路だけに、その冒険は回避して、レジスターの近くにある低い階段のほうへ回ろうとした。

だが、彼はその途中で、あっと小さな声を上げて動きを止めた。

店に入ってきたのは確かに司野だったが、彼はひとりではなかったのである。

彼に続いて姿を現したのは、地味なスーツ姿の男性だった。

歳の頃は四十代後半から五十代前半といったところだろうか。

(会社員？　なんだか、銀行とか老舗《しにせ》とかによくいそうな感じの人)

それが、その男性に対する正路の第一印象だった。

悪人でないことは、ただの人間である正路にもすぐわかった。

居酒屋でアルバイトをしていたおかげで、筋のいい客、注意が必要そうな客は、ある程度見分けがつくようになった。

今、司野と共に店に入ってきた男性は、あきらかに前者だ。

仕立てはいいが、相手を圧倒するほどはよすぎないスーツ。清潔感のある白いワイシャツと、ストライプの色使いがささやかなアクセントとなっているネクタイ、綺麗《きれい》に磨かれているが、よく履き込まれている感じがする革靴。

出《い》で立ちから、実直で堅実な性格が見えるようだ。

体格は中肉中背、短く整えてきっちり分けた、やや量が多い髪は白髪が半分くらいある。

そして、何より印象的なポイントなのに実際は印象に残らない、という相反する形容をせざるを得ないのが、その容貌《ようぼう》だった。

とにかく、普通なのだ。

それこそ、お堅い職場によくいるタイプの、誠実で人当たりがよさそうな、あっさりした顔立ちのおじさん。

男性の顔立ちを表現するのにもっとも端的な言い様は、それかもしれない。

ハーフフレームのさりげない眼鏡の奥の目は、常に穏やかな笑みを湛《たた》えている。

目尻《めじり》や口元の皺《しわ》は、その笑みをよりソフトにしているが、とにかく目鼻立ちに明らかな特徴がないだけに、彼の笑顔は、見る者の記憶に残らない。

不思議なほど、個性を感じない人物なのである。

（いい人そうではあるんだけど）

とはいえ、司野と連れだって、この特殊な店に入ってくるような人物だ。

たとえ善人であっても、変わり者でないとは限らない。

正路は少しばかり警戒しつつ、いささか危なっかしい足取りで、いつもは使わないたった三段の階段を下り、店の通路を歩いて、二人のもとへ向かった。

身体が小さくなって唯一よかったのは、大人だとギリギリだった通路の幅に余裕が感じられ、小走りで移動するくらいはできるようになったことだ。

「やあ、相変わらず壮観ですね。これだけ気質が多岐にわたる付喪神《つくもがみ》たちを、居心地よく過ごせるようにグループ分けして配置できるのは、さすがとしか言い様がありませんよ、辰巳様」

穏やかにそんな賛辞を口にして、男性は店内を埋め尽くす器物の山を眺め、そして視線を、近づいてくる正路に据えた。

「これは、お出迎えいただき恐れ入ります。お初にお目にかかります、足達正路様」

小さな子供に対するものとは到底思えない、クラシックで礼儀正しい挨拶《あいさつ》である。

二人のもとに駆け寄った正路は、慌ててペコリと男性にお辞儀した。

「いらっしゃいませ」

(で、いいのかな。司野、打ち合わせって言ってたから、この人、きっとお客さんだよね？　でも、僕の名前をフルネームで知ってた)

頭を上げて司野の反応を見ても、相変わらずの仏頂面で、どうにも正解がわからない。だが正路は、司野と男性が両手に大きな紙袋を一つずつ提げているのに気づき、軽く首を傾げた。

(打ち合わせ……っていうか、二人でお買い物してきたのかな)

すると司野が、その紙袋を軽々と持ち上げ、こう言った。

「とっとと茶の間に戻れ。そして着替えろ」

「着替え？　でも、僕、服が」

「買ってきた」

「可愛いお洋服がございましたよ」

男性も、にこやかに言葉を添える。

どうやら、本当に二人で買い物をしてきたらしい。しかもそれは、正路用の子供服であるらしい。

「う、うわああ、すみません！　それ、その、僕が」

司野はともかく、初対面の人に、自分の服を買いに行かせてしまったと気づいて、正路は大いに焦った。とにかくまずは、と男性の手から紙袋を受け取ろうとしたが、男性はそれを丁重に押しとどめる。

「いえいえ、軽いものですから、お運び致しますよ。ささ、転ばないよう、どうぞお気をつけて」

「!?」

男性は口調も仕草も、エレガントと呼びたくなるほど洗練されてもの柔らかである。正路を制止するために、ごく軽く指先で肩に触れてきたと思った次の瞬間、茶の間のほうへクルリと方向転換させられていることに気づき、正路はビックリしてしまった。

(やっぱりこの人、ただ者じゃない……!)

いくら五歳児相当の小さな身体とはいえ、指の一、二本で、しかも気づかないほど素早く相手の身体の向きを変えてしまうなど、並のテクニックではなかろう。

驚く正路をよそに、男性本人はニコニコして「どうぞ」と移動を促してくる。

「早く行け」

司野にも怖い顔で促され、正路は軽いパニックに陥ったまま、来たばかりの通路を引き返し、茶の間に戻った。

司野と男性も、後からついてくる。

正路は、さっきまで自分が枕にしていた座布団をパタパタとはたき、男性に勧めた。

「どうぞ！　お茶……あ、そうだ、今は駄目なんだった」

ガックリと肩を落としつつ見ると、短い丈のコートを着たままの司野と違い、男性はいかにもなトレンチコートを腕に掛けていた。この寒い十二月に、店に入る前にわざわざ脱いだものらしい。

（本当に礼儀正しいんだな。どういう人なんだろう。司野の上得意……ってわけじゃないよね。さすがの司野も、お客さんには敬語で話してるし。買い物に付き合わせたり、荷物まで持たせちゃったり。まさか、友達？　いや、そういう感じでもない）

もしかすると、司野が何か高額なものを買った店の人だろうか、などと正路が思いを巡らせていると、司野はバサリとコートを脱ぎ捨てて自分の座布団の辺りに雑に置き、男性に言った。

「茶でも煎《い》れる。着替えさせてやれ」

「えっ⁉」

信じられない言葉に目を剝《む》く正路とは対照的に、当の男性は、むしろ笑みを深くして、座布団を外して畳の上に膝《ひざ》を突き、「喜んで」と応じた。

「えっ、えっ⁉」

「そのお身体では、着替えもご不自由でしょう。僭越《せんえつ》ながら、お手伝いをさせていただきます。つきましては、ハサミをお借りできますか？　どんなものでも結構ですので」

「そんにゃ、みょ、あ、あっ、は、はい」

そんな申し訳ないことをお客様にしていただくわけには、と言いかけた正路だが、今の彼の舌は、動揺したまま敬語を操るには幼すぎた。結局、見知らぬ男性のペースに乗せられ、彼は茶の間の小引き出しから糸切り鋏《ばさみ》を取り出し、男性に渡した。

「これで、いいですか？」

「はい、勿論《もちろん》でございます。では、こちらに立っていただき、失礼致しまして……ああ、そうでした。お名前を辰巳様から伺っておりましたのに、こちらの自己紹介がまだでしたね。早川知足《はやかわちたる》と申します。以後、お見知りおきを願います。ああ、両手を上げていただけますか？」

男性は、自分の前に正路を立たせ、慣れた手つきで大きすぎるトレーナーの裾《すそ》を引き上げながら、自己紹介を始めた。

トレーナーを奪われると、下着一枚すら身につけていない状態の正路である。さすがに、知らない人に裸を見られるのは、いくらご主人様の指示でも……と少し抗《あらが》いかけたが、それはもう滑らかに自己紹介を済まされてしまっては、少なくとも「知らない人」ではなくなってしまう。

「あっ、は、はい。えっと、早川、ちたる、さん？」

むしろ、男性が名乗った風変わりな名前のほうが気になって、つい促されるまま両手を上げてしまった正路から、優しく、同時に容赦なく、たった一枚の鎧《よろい》であったトレーナーが奪い去られる。

「ひゃっ」

司野が暖房をつけていってくれたので、茶の間は暖かいが、それでも急に全裸になるとあちこちがヒヤヒヤする。思わず声を上げた正路に、男性は紙袋から出した下着を広げ、値札を切って取り除きながら微笑んだ。

「ああ、ちょうどよさそうです。辰巳様から伺ったサイズは、さすが正確でしたね。では、私の肩にお手を。片足ずつ上げていただけますか？」

「あ、あの、僕、ひとりで」

「お身体が急に小さくなったと伺っております。そういうときは、とかく感覚が狂うものですから。最初のお着替えだけは、お手伝いさせてください」

男性の物腰は変わらず柔らかいのだが、選ぶ言葉は理路整然としていて、正路に反論の糸口を与えないしたたかさがある。

やむなく正路は、自分の前に片膝立ちになってくれた男性のスーツの肩に手を置いた。

「はい、右足から参りましょう。ゆっくりと……そう、お上手ですよ」

「た……確かに、グラグラします」

「そうでしょうとも。こういうときは、他人の手を借りることを躊躇《ためら》ってはいけません。合理的にご判断いただければよろしいかと」

「合理的に」

オウム返しにしながら、正路は男性の淀《よど》みない動きに感嘆した。

以前、父が農作業で手に怪我をしたとき、しばらく着替えを手伝ったことがあるが、他人に服を着せるという行為は意外と難しいものだ。

だが目の前の男性……早川の手つきには、微塵《みじん》も躊躇《ちゅうちょ》がない。

「そうそう、知足という名は変わっておりますよね。『足るを知る』から、取った名なのです」

正路にスルスルとパンツを穿《は》かせ、ついで靴下も……と手を動かしながら、早川は、自分の名前の由来を正路に教えた。

「足るを知る、ですか？」

「そうです。老子《ろうし》の言葉ですね。『足るを知るものは富む』つまり、何ごとについても、必要以上を求めず満足する意識を持てば、豊かな心持ちで生きられる……というような意味合いでしょうか」

「なる、ほど。素敵なお名前ですね」

たどたどしい口調で褒める正路の顔を見て、早川はにこりとした。

「ありがとうございます。わたしも気に入っております。足達様の、正路というお名前もまた、素敵でいらっしゃいます。正しい路《みち》をゆく。親御様の願いが手に取るようにわかります。そして、実際、そうでいらっしゃる」

「えっ？　あ、いや、僕は」

正路は可愛らしい猫の刺繍《ししゅう》が入った靴下を穿かせてもらいながら、大いに戸惑った。

（全然正しい路じゃないよ、僕のこれまでの人生。陰キャで生きてきて、大学受験に二度も失敗して、バイトでも失敗して、轢《ひ》き逃げされて……）

しかし、正路のそんな胸中を察したように、早川はこう言った。

「辰巳様に出会われ、こうしてお傍にいらっしゃる。これまではどうあれ、今は正しい路の上においでかと」

「あ……」

その指摘に、正路の胸がほっと温かくなった。

確かに、今、司野と共に暮らし、少しずつ彼を知っていく毎日は、とても楽しく、充実している。正しい路かどうかはわからないが、人生が大きく変わり、それが上向きのベクトルであることは確かだ。

正路がそれをどう早川に伝えようかと思っている間に、台所でお茶の用意をしていた司野が、冷ややかな口調で会話に割って入った。

「世辞は無用だ、早川」

「お世辞などではございませんよ、辰巳様。少なくともわたしは、辰巳様という知己を得て、たいへん嬉《うれ》しくありがたく思っております」

「お前はそうだろうよ」

それはごく短いやりとりではあったが、正路に、二人の力関係を教えるには十分だった。

(司野のほうが、立場はだいぶ上なんだ？　見てくれは早川さんのほうがずっと年上なのに、この丁寧な態度。司野がよっぽど上得意なのか、それとも、司野の正体を知ってる……？　そういえばさっき、店の中の様子を見たとき、「相変わらず壮観ですね」って言ってた。この人、ここに前も来たことがあるんだ。ってことは、そういう業界の人かな。骨董《こっとう》か、付喪神《つくもがみ》関係か)

正路があれこれと思いを巡らせている間に、早川は、パンツ、靴下に続き、タンクトップ、ハーフパンツ、肌触りのいい長袖《ながそで》のシャツ……と、どんどん洋服を着せていく。

どうやら、早川が続けてくれていた他愛ない会話は、正路の羞恥心《しゅうちしん》を和らげるためのものだったらしい。

それに正路が気づく頃には、彼はすっかり「その辺にいる普通の五歳児」のような出《い》で立ちに整えられていた。

「よくお似合いですよ。うちには娘しかおりませんので、男の子に服をお着せするのは初めてだったのですが、なかなか上手《うま》くいきました」

片膝立ちのまま少しのけぞって正路の全身をチェックし、早川は満足そうに頷《うなず》く。

「お嬢さんが……。もしかしてこの服、早川さんが選んでくださったんですか？」

正路が訊《たず》ねると、早川は軽く手を振った。

「いえいえ、すべてお選びになったのは、辰巳様です。さすがのセンスでいらっしゃる。足達様に、よくお似合いのお色目です」

そんなことでも、司野を褒められると正路は嬉しくなってしまう。司野のほうは、特に何の感慨もない様子で、台所から茶器を運んできた。

「下僕にふさわしい衣服を、主《あるじ》が把握しているのは当然のことだ。それより、早川。どうなんだ？」

「どうって、司野。何のこと？」

「さ、まずはお座りになってください」

早川は、自分に勧められた座布団に、正路を座らせた。正路は躊躇ったが、早川が眼鏡の奥の目を意味ありげに動かして、「早く座ったほうがいい」というメッセージを伝えてきたため、言われるとおりにした。

なるほど、せっかちな司野を苛立《いらだ》たせずに話を始めるためには、それがいちばんよさそうだ。二人が何の話をしようとしているのかは、正路にはわからないままなのだが。

畳の上に直接きちんと正座した早川は、司野が湯呑《ゆの》みに急須《きゅうす》の茶を注ぐのを見ながら、こう切り出した。

「お洋服を着せつつ触れさせていただいた感じでは、辰巳様のお見立てどおり、やはり足達様は、人間が編み出した呪をかけられておいでですね」

「えっ⁉」

今度こそ、正路は大声を上げてしまった。

まるで商談でもしているような調子で、早川はとんでもない見立てをさらりと口にした。

「も、もしかして、今、僕に服を着せてくれたのは……っていうか、早川さんは！　その！」

「左様でございます」

正路の、きちんと文章の体をなさない疑問を、早川は穏やかに肯定する。

「さようでって、あの」

戸惑う正路に説明したのは、司野だった。

「早川は、霊障がかかわる事件を取り扱う、とある組織のエージェントだ」

相変わらず簡潔すぎる説明に、正路は目を白黒させる。

「れ、れいしょう……？」

「霊的なものが原因で起こるトラブル全般を扱う団体でございます。あまり、表立っては活動しておりませんが」

早川が丁寧に追加してくれる情報が、さらに正路を混乱させる。

「そ……それは確かに、表立って堂々とお商売するのは難しそう、ですね」

「左様でございます。全員が副業として携わっておりますよ。わたしにも、表の仕事がございます。わかりやすく申しますと、秘密組織のようなもので」

「秘密組織とか、エージェントとか、表の仕事とか……。何だか、小説か映画みたいな話ですね」

「ふふ、そうでございますね。お言葉でございますが、足達様。こちらのお店と辰巳様が、そもそも小説かドラマのような……」

「それもそうでした！」

正路は胸をさすって自分を落ち着かせようとしながら、早川の柔和な笑顔と、司野のムスッとした、それでも美しい顔を交互に見た。

「それで、お二人は、どういう関係なんですか？」

　すると早川は、出された煎茶《せんちゃ》をいかにも旨《うま》そうに一口飲んでから口を開いた。

「特殊な職種でございますから、弊組織は常に人手不足でございまして。術者となりうる優秀な人材を求めております」

「術者っていうと」

「顧客を煩わせる霊障を解決すべく働く者を、術者と呼んでおります。わたしにも、少しばかりは心得がございます。霊障に様々なタイプがあるのと同様に、それぞれの術者にも得意分野がございまして。たとえば辰巳様でしたら」

「付喪神関係、とか？」

「左様でございますね。付喪神を扱わせれば、辰巳様の右に出る者はおりません」

「ってことは、司野は、早川さんの組織に所属してるの？」

「まだだ」

　司野は、正路の前には、別に持って来たグラスの水を置きながら短く答えた。

「まだって？」

「以前より継続的にスカウトさせていただいているのですが、まだ色よいお返事をいただけずにおりました。ですが、こたびのことで、辰巳様のほうからお声がけをいただき」

「えっ？」

「余計なことはいい。それより、お前の見立てを聞かせろ、早川」

驚く正路にそれ以上の詮索《せんさく》を許さず、司野は早川に報告をせっついた。

早川はもう一口お茶を飲んでから、スッと真顔になって居住まいを正した。

「かなり緻密《ちみつ》に練り上げられた呪です。妖魔《ようま》がこれを体得していることに、驚かざるを得ません。主たる術者の腕がよいことは言うまでもありませんが、秘中の秘である術を、式に授けるなどとは聞いたことが……ああいえ、辰巳様は例外でございますが」

早川の弁解めいた付け足しを、司野はいつもの鋭い口調で容赦なく切り捨てる。

「俺への忖度《そんたく》はいい。俺が辰冬から授けられたのは、おおむね守護の呪《しゅ》ばかりだ。人間に害を為《な》す呪は、さすがに教わっていない」

「はい。この一帯を覆う結界、まことに見事なものでございます。辰巳辰冬様の陰陽《おんみょう》師《じ》としての腕前は、疑うよしもなく」

そこで言葉を切った早川は、話に入っていけず、ひたすらオロオロしている正路を見た。柔和な表情ではあるが、眼鏡の奥に、ほんの少し、観察者の冷徹な光が宿ったのを、正路は見逃さなかった。

「足達様を頑是ないお子様の身体に変えた呪、拝見したところ、網目のように全身に張り巡らされ、解除のために第三者が手を入れる隙がございません」

「その網、力尽《ちからず》くで破いたらどうなる？　できないことはないと思うが」

端麗な容姿に似つかわしくない、実に脳筋と呼びたいようなバイオレントな提案をする司野に、早川は困り顔で首を振った。

「呪の網は、かけられた者の身の内深くに食い込んでおります。正しい解除、あるいは切断を行わねば、おそらく足達様のお命にかかわろうかと」

正路は息を呑《の》んだ。

正路が公園で気を失って、司野が駆けつけるまでの間がどれほどあったのか、数十分か、一時間くらいはあったのか、正路にはわからない。

だがその間に、カギロイは正路の全身に呪を施していったらしい。それも、二人の表情から推測するに、かなり強力な呪を。

司野は不服そうに腕組みした。早川は、駄々っ子を宥《なだ》めるような口調で言う。

「辰巳様、呪と申しますのは、基本的にそれをかけた者でなければ解けぬものです。あるいは、それをかけた者の死をもって……」

「そんなことは百も承知だ。正路にも、それは伝えてある。だが」

司野は、困惑と怯《おび》えが相半ばする正路の幼い顔をチラと見て、早川に問いかけた。

「所詮、人間の編んだ術式だ。同じ人間であれば、他の術者が対処できる可能性もあるだろう。そう考えて、お前を呼んだ。そちらの線はどうだ？」

早川は少し考えて、首を横に振った。

「そうでございますね。正直申しまして、今どきの術者であれば、わかりやすく申しますとマニュアルが存在することが多く、それを探し当てれば、対処は比較的簡単……というケースが多うございます」

「マニュアル！　人を呪うためのマニュアルがあるんですか？」

正路の驚きは一般人としては当然のものだが、早川は、常識を語るような顔つきで頷《うなず》いた。

「左様でございます。意外と巷《ちまた》に出回っておりますよ、たとえばフリマサイトのような……」

「マジですか！」

「勿論《もちろん》、玉石混淆《こんこう》、ほとんどは『石』のほうでございますし、マニュアルを見たからといって、そう簡単に書かれた呪を解読し、使いこなせるわけではございませんが」

「よかった。よくないけど、とりあえずよかった」

ホッとしたのも束の間、早川の話の続きに、正路の表情はみるみる曇っていく。

「ですが、カギロイ……でしたか、その妖魔が足達様にかけた呪は、まさに平安の昔のもの。今どきのものより遥《はる》かに複雑で緻密、そして、何よりマニュアルがございません」

「秘伝の巻物とか、ないんですか？」

早川に代わって、司野が、ツケツケとした口調で正路の問いに答える。

「万が一、あったとしても、それは複雑怪奇な暗号で記されているはずだ。術者が生涯をかけて、ときには何代にもわたって練り上げた術を、簡単に他者に体得されては、たまったものではないからな」

「あっ、そりゃそうか」

「こうした術式や呪は、秘中の秘だ。多くは口伝で引き継がれていく」

「ってことは、カギロイさんが僕に使った呪の構造が、誰にもわからない、ってこと？」

今度は、早川が話をサラリと引き継いだ。

「そういうことになります。我が組織の術者に依頼して解析したところで、長い年月を要する可能性が高いでしょう。その間、足達様のお身体は、このままということになります」

正路は、ゴクリと生唾《なまつば》を呑んだ。

「その……このままっていうのは、待っている間に、ここからまた成長し直すとか、そういうことではなく？」

「そういうことではございません。足達様にかけられた呪は、時間を巻き戻すものではないのです。足達様の人生のある時点のお姿に、御身を固定するもの。いわば、今の足達様は、遠い日の写真の中のご自身のような状態なのです」

正路は、思わずポンと手を打った。

「なるほど！　じゃあ、たとえば解析に十年かかるとしたら、その間はずっと」

「五歳児のまま、ということになるでしょうね」

「それは……困る」

困るどころの騒ぎではないのだが、人は動転すると語彙《ごい》を失うものだ。

正路の呻《うめ》くような声に、早川は心底気の毒そうに「お察し致します」と告げた。

「同情に意味などない。何か打開策はないのか、早川？　でなければ、俺がお前たちに協力する理由が生まれんぞ」

司野はあからさまに苛立《いらだ》った様子で、二人の会話に割って入る。

早川は、小首を傾げて考えながら、こう言った。

「少しお時間を頂戴《ちょうだい》することになるでしょうが、ここはひとつ、資料をあたることにさせていただきたく存じます」

「資料だと？」

「はい。わたしどもの組織には、古代よりの術や呪についての膨大な資料が、世界じゅうから集められ、保存されております。カギロイの主《あるじ》であった出雲玄鉄、そしてその父親の出雲玄宗。遡《さかのぼ》ることができるようでしたら、その祖先も。とにかく資料を探し、出雲一族の術式についての情報を集めます」

「なるほど。それは意味があるかもしれんな」

司野は、ようやく納得した様子で頷いた。早川は、淡々と言葉を継いでいく。

「辰巳様からお伺いしたところでは、出雲親子は但馬地方出身の民間陰陽師とか。ならば、出身地を重点的に調査すれば……あるいはそこに陰陽師を輩出する組織のようなものがあれば、共通する術式を探り当てられるかもしれません。わたしの経験から申しまして、そちらのほうが話は早そうです」

「判断は、お前に任せる。早速取りかかってくれ」

「畏《かしこ》まりました。つきましては」

早川は、チラと正路を見てから、司野に視線をひたと据えた。

「術者と違い、事務作業であれば動員を増やすことはそう難しくありません。ただ、必要になりますのは、上にその許可を取り付けるための……実績、と申しましょうか。そのようなものが」

「わかっている」

幾分言いにくそうに、探るように話す早川に、司野は短く承諾の返事をした。

「詰めて仕事を入れろ。片っ端から片付けてやる。その代わり、そっちも最短で結果を出せ」

「畏まりました！　たいへん嬉《うれ》しゅうございます。勿論、最善を尽くしますこと、お約束致します」

「当然だ」

傲然《ごうぜん》と返す司野に軽く頭を下げてから、早川は持参のアタッシェケースを引き寄せた。

「資料が見つかり、対処方法が判明しましたら、すぐにご報告致します。お役に立てそうな術者が見つかるようでしたら、そちらの手配も。ですが、とりあえず……」

淀《よど》みなく話しながら早川が取りだしたのは、まさかのアイテムだった。

それは、可愛らしい猫のブローチだったのである。大きさは、今の正路の手のひらくらいで、木のボードをカットして塗装したとおぼしき黒猫の顔に、金色のまん丸の目が大きく輝いている。

ちょんとした丸い鼻と、笑っているような口は、黄色い絵の具で描かれていて、何ともユーモラスで可愛らしい絵柄だ。

「こちらを、足達様に」

「僕に？　た、確かに可愛いですけど、僕、中身は子供なわけじゃ……」

さすがの正路も困惑を声と表情の両方に滲《にじ》ませたが、司野は、不思議なくらい平静に「それは黙って受けておけ」と言った。

「えっ？」

「さすが、辰巳様。これは、ただのブローチではございません。呪《しゅ》をこめて作ってございます」

「ええっ？　こんな可愛いものに、呪を？」

「はい。お子様の姿に変えられたと辰巳様より伺っておりましたので、可愛らしいほうがよろしいかと。……わたしから、お話ししてもよろしいですか？」

「構わん」

司野が鷹揚《おうよう》に許可したので、早川は、すぐにブローチを正路に渡すことはせず、自分の手の中に収めたままで、こう打ち明けた。

「足達様。昨夜《ゆうべ》より、たいへん疲れやすい……そんなことはありませんか？」

正路はギョッとしつつ、正直に肯定した。

「確かに。でもそれは昨日、カギロイさんに『気』を奪われたからで」

「それはそうなのですが、今は如何《いかが》です？」

正路は、さっきまでのことを思い出し、司野をチラと見た。

正直に答えろと言わんばかりに、司野は僅《わず》かに顎《あご》を動かす。

「何かすると、すぐ疲れちゃうんです。さっきも、ちょっと家事をしただけでくたびれて、お二人が入ってくるまで横に……」

「やはり、自覚症状がありますか。用意してきてよかったです」

そう言うと、早川は気の毒そうに正路を見た。

「辰巳様より伺っておりましたが、実際にお目にかかり、確信を得ました。実は、足達様のお身体には、もう一つ、呪がかかっております」

「ええっ？」

座布団から跳び上がる勢いで驚いた正路に、早川は冷静にこう告げた。

「足達様のお身体からは、継続して『気』が奪われているのです。わかりやすくたとえるならば、長い長いストローを使って、カギロイにちゅーちゅーと『気』を吸われている感じです」

「嫌すぎる！　あっ、でも、確かによくわかりました。うう……嫌だなあ」

ブルブルと身を震わせて嫌悪感を表す正路に、早川は心底申し訳なさそうに、しかし少し声音を明るくして言った。

「ですが、その呪については、対処が可能です」

「ストロー、引っこ抜けるんですか？」

「いえ、それはやはり先ほどの呪と同様、いささか難しく」

「ええ……じゃあ僕、これからもずっと吸われっ放し？」

「そこで、これでございます」

そう言ってにっこりした早川は、黒猫の可愛いブローチを持ち上げた。そして、背面の安全ピンを使って、正路のチェックのシャツの胸元に、そのブローチを注意深く取り付けた。

「この、猫ちゃんが何か？」

「ストローを引き抜くことはできませんが、大事な『気』を吸われないように、ストローの管を縛ってしまうことは可能です。そういう対処を、搾取系の霊障が得意な術者に依頼しました」

「ストローを……縛る！」

「はい。呪そのものを解除できなくても、対症療法的に、こちらも呪で対抗することは可能なのです。そういう戦い方もございます」

「なる、ほど」

「お子さんが身につけやすいアイテムに呪を込めてほしいと依頼したところ、術者の同居人がたいへん絵の上手な方で、このような作品を用意してくださいました」

「……一点ものじゃないですか」

「そのとおりでございます。可愛いブローチでありながら、効果は抜群のはずです。

これで、カギロイに『気』を搾取されることはもうありますまい」

「この猫さんが、僕を守ってくれるんですね」

「左様でございます。決して、肌身離さず。寝間着にもおつけ直しください」

「わかりました。きっと、そうします」

正路は、真面目な顔で答え、早川に頭を下げた。

「ありがとうございます。……『気』を吸われ続けてるって聞いて、頭がクラクラするほどショックでしたけど、少しだけホッとしました」

「それはようございました。……足達様」

「はい」

「ご不自由でありましょうし、ご不安も大きいとは思いますが、わたしも全力を尽くします。どうか、お心安らかに。努めて、気持ちをゆったりとお持ちください。呪を解除する手立てが見つかった折に、万全の体調でご対応いただけますよう」

まだ会ったばかりの人物だが、早川という男には、相手を安心させる不思議なオーラのようなものが備わっているようだ。

(この人の言うとおりだ。体調、整えないと)

司野がこの店に連れて来た時点で、ある程度、信用できる人物だということはわかっていたが、これまでのやりとりを通じて、正路は、早川の誠実さを早くも感じ取っていた。

「わかりました。ありがとうございます」

「いいえ。よくお似合いですよ、そのブローチ。作ってくださった方に、ご報告しておきます」

そんな言葉と人好きのする笑顔を残して、早川は店を出て行った。

近くまで送っていくと司野も一緒に出ていったので、ようやく動きやすい服を身につけられた正路は、司野が「自分で片付けろ」と言い残していった、もう一つの紙袋を開けてみた。

うすうすそうではないかと思っていたが、やはり、出てきたのは子供服だった。

さっき早川は、服はすべて司野のチョイスだと言っていた。

替えのシャツやハーフパンツ、大人の正路が着ているものにそっくりな色とデザインのダッフルコート、靴下、靴、ニットキャップ。

どれも可愛らしく、お洒落《しゃれ》に詳しくない正路ですら知っているブランドのものばかりだ。

(もう、一刻も早く、呪を解いて元の姿に戻りたいって思ってるのに、着てみたくなっちゃう素敵な服ばっかりじゃないか)

一着ずつ、広げて眺め、また畳みながら、正路は思わず微笑んだ。

子供のままでいたいとは、少しも思わない。

早く呪を解除して、元の自分の身体を取り戻したい。そうなった暁には、自分にできることをこれまで以上に丹念に探して、見つけて、少しでも司野の役に立てるようになりたい。

しかし、それはそれとして、昨日や今朝、洗顔や歯磨きをするとき、洗面台が高過ぎ、近くに踏み台になるものも見つからず、司野がしぶしぶ自分を抱き上げてくれたときのことを思い出し、正路の笑みが深くなった。

大きな両手で正路の細いウエストをしっかり摑《つか》み、「軽すぎるな。スナック菓子のようだ」と呆《あき》れ顔で言った司野の顔を思い出すと、可笑《おか》しさと愛《いと》おしさが同時にこみ上げてくる。

少なくともそんな触れあいは、正路が子供の身体にならなければ実現しなかっただろう。司野に抱き上げられたことが、嬉《うれ》しい。そんな気持ちに、正路は気づいていた。

(僕は、本当に司野のことが大好きになってたんだな。それが恋愛かどうかはわかんなくても、とっても大事で、とっても身近で、とっても……大好き)

ガチャッ。

そんな気持ちをしみじみ嚙《か》みしめていたところに、当の司野が戻ってきたので、正路はあたふたしながら洋服を紙袋に詰め直し、立ち上がった。

「おかえり、司野」

「猫は効いているか？」

やはり挨拶《あいさつ》は抜きで、司野はそんなことを訊《たず》ねながら、茶の間に上がってきた。今の正路にはいつも以上に羨《うらや》ましい、段差をヒョイと越えられる脚の長さである。

「まさか、ずっとカギロイさんに『気』を奪われ続けてたなんて気づいてなかったけど、確かにこの黒猫さんのブローチをつけてもらってから、身体が少し軽く感じる。動きやすい」

「そうか」

そう言うと、司野はジャケットを脱ぎ、畳の上にバサリとぞんざいに置いた。

いつもなら、正路がすぐにそれを受け取り、ハンガーに掛けて鴨居に吊《つる》しておくのだが、今は鴨居に引っかけたハンガーを取ることすらできないので、引き寄せたジャケットをただ畳の上に綺麗《きれい》に広げておくしかない。

「あの、司野」

「何だ？」

冷めた茶を飲むご主人様に、正路は申し訳なさそうにペコリと頭を下げた。

「ごめんなさい。早川さんのいる組織のこと、僕は全然知らなかった」

「当たり前だ。お前に話したことなど、一度もなかった」

「でも司野、スカウトを断ってたのに、僕のために……その、気の進まない仕事を請けてくれたんだよね？」

「思い上がるなよ、人間風情が」

そう吐き捨てて、それでも司野は、ぶっきらぼうにこう付け加えた。

「世の中に、気の進む仕事などそう多くはあるまいよ。俺は、辰冬の式にされて以来、気の進まん仕事ばかり押しつけられてきた。この店でも、愉快だと思う仕事はそうそうない」

「……それは、社会人の真理だね。妖魔《ようま》の司野に言われると、なんか別の感慨があるなあ」

そんな正路の複雑な面持ちは完全に無視して、司野は正路が手をつけなかった水も一息に飲み干した。

「だが、己の利になると感じればやる。過去にもそう判断して、早川からの仕事を外注扱いで、いくつか請けたことがあった。あれは、エージェントとしては誠実で真面目な男だ。無論、有能でもある。奴が所属している組織の全貌《ぜんぼう》は見えんが、さっき奴が言及したように、膨大な歴史的資料を蓄えているらしい。それが利用できるなら、この店の仕事にも役に立つ。本格的に組んでやってもいいと思っていたところだ。お前のことは、単なるきっかけに過ぎん」

「でも」

「確かに今回、早川からの依頼を早急に何件か片付け、組織に恩を売る必要はある。他の……人間の術者を斡旋《あっせん》させて、呪《しゅ》を解かせる方法が見つかるかもしれんしな。だが、それだけのことだ。あっちは仕事がはかどり、俺には金が入り、お前は元の身体に戻る。全員が得をする取引だ。理想的じゃないか」

「それは……そうだけど、司野の負担が、んがっ」

浮かない顔で司野を案じる正路は、突然、唇を上下まとめてギュッと摘《つ》まれ、目を白黒させた。

無論、摘まんでいるのは司野である。

「俺を舐《な》めるなよ、正路」

司野は鋭い目で正路を睨《にら》み、厳しい口調で念を押した。

「俺は、下僕を玩具《おもちゃ》にされて引き下がるような妖魔ではない。お前のことは、必ず元に戻す。京都の一件でカギロイが手を引くようなら静観しようと思ったが、奴がこうして手出ししてきたからには、俺も黙ってはいない」

正路の黒々したつぶらな瞳《ひとみ》が、不安に揺らめきつつも、至近距離で司野を見つめ返す。

「それって……カギロイさんと戦う、ってこと？　辰冬さんの仇《かたき》を討つの？」

「俺には、そんな義理はない」

「でも、司野は」

司野は、辰冬さんのことが大好きじゃないか。

そんな言葉を、正路はグッと呑《の》み込んだ。

声に出して言えば、司野はムキになって「そんなことはない」と言い張るだろう。

売り言葉に買い言葉で辰冬への愛情などないと主張するたび、司野は、みずからを鋭い刃で傷つけているのではないか。正路は、そんなふうに感じ始めていたのである。

「俺が、何だ？」

尖《とが》った声で問い詰めてくる司野に、正路はかぶりを振った。

「ううん。じゃあ司野は、何をするつもり？」

ストレートに問い返されて、司野は薄い唇をへの字に曲げ、数秒沈黙した。だが、彼はやはり短くこう言った。

「奴が力を取り戻すまでは、小競り合いが続くだろう。その間に、調べる。早川経由で、組織の資料も使う。カギロイについて、出雲玄宗、玄鉄親子について……そして、俺の主《あるじ》、辰巳辰冬についても」

「……うん」

「俺がどうでもいいと思っていたことを、洗い直す。もはや、火の粉は降りかかった。

どうでもよくはなくなったからな。あとは、俺がやれること、やってもいいと思うこと、やるべきだと思ったことをやる。それだけだ」

「……うん！」

正路は大きく頷《うなず》いた。心境は果てしなく複雑なようだが、司野が、千年余り引きずった過去と対峙《たいじ》し始めた気配を感じたからだ。

「僕も、元の姿に戻れてからだけど、一生懸命手伝うよ」

正路は勢い込んでそう言った。

だが、司野は片眉《かたまゆ》を少し上げて、真顔で言い返してきた。

「何をだ？」

「何をって……えっと」

「まあ、元の姿に戻ったら、せいぜい俺に『気』を貢げ。お前にできるいちばんの仕事はそれだ」

「それはそうだけど、もうちょっと他にないかな」

「知らん。仕事は自分で探せ。とはいえ、今は何もするなよ。これ以上、厄介ごとに巻き込まれるな。俺は外出がちになるだろうが、お前は家から一歩も出るな。いいな？」

それでは自主監禁だ、せめて日々の食事のための買い物にくらい行かせてほしい…

…と言いかけて、正路はまたしても口を噤《つぐ》んだ。

司野の顔つきが、あまりにも真剣だったからだ。

カギロイの脅威を、あるいは彼の妖力を、誰よりも知っているのは司野だ。その司野が、これだけ警戒するのなら、下僕の自分も従うより他ない。正路はそう感じた。

まして、子供の身体である。

ようやく衣服が整い、他人から見られても訝《いぶか》られない体裁になったとはいえ、ひとりで買い物に出てもろくに荷物が持てず、司野との関係性を怪しまれるだけだろう。

(児童虐待とか、そんな話になったら、ややこしいどころの話じゃないもんね)

「わかった。家で大人しく、出来る範囲の家事をしてる」

「家事はほどほどでいい。埃《ほこり》では……ああ、俺は死なんが、人間は健康を害するんだったか。好きにしろ。だが、勉学もしろよ。着替えたら、昼飯にする」

そう言うと、司野は、正路が綺麗に広げたジャケットを引っ摑《つか》むと、茶の間の奥にある自室へと引き上げていく。

ひとり茶の間に残された正路は、さっき早川が、胸のあたりにつけてくれたブローチにそっと触れてみた。

込められているという呪の力を感じることは、術者ではない正路には難しい。

それでも、可愛い猫の顔が、「元気を出して」と言ってくれているように感じられた。

「僕のために、動いてくれた人たちがいる。……僕も、頑張らなくちゃ」

決意を込めてそう呟《つぶや》き、正路はそっと猫の鼻の頭に触れてみた……。

五章　結びつく心

翌日から、司野は「忘暁堂」を休業にして、家を空けるようになった。

早川は、本当に大量の仕事を詰め込んだらしい。それだけ、正路にかけられた呪を解くための調査に、「組織」側の労力が必要だということなのだろう。

この十日ほど、司野は朝食を終えると、そそくさと出掛けてしまう。

「行ってくる」

判で押したように同じ言葉を残していく彼を、正路は「気をつけて」と声をかけて送り出すことしかできない。

司野が帰宅するのは、たいてい夜遅くなってからで、時には翌日の夜明け前ということもあった。

起きて待っていると、「無駄なことをしていないで、睡眠で少しでも『気』を戻せ」と叱られるので、正路は、午後十時になるとベッドに入ることにした。

とはいえ、司野のことが気になって、そう簡単に眠れはしない。

ようやくうとうとした頃に、店の扉が開く音にハッと目を覚ます。そして、司野の足音を聞いて、安心して眠りに落ちる。

そんな重苦しい日々が、一日、また一日となすすべもなく続いていく。

皆が自分のために動いているのに、正路自身は、安全な場所で待つことしかできない。それが、彼には何より苦しかった。

洗い物、小さな箒《ほうき》とちりとりのセットを用いた掃除、乾燥機能を駆使した洗濯、風《ふ》呂《ろ》洗い。

五歳児の身体でも、その程度の家事はどうにかこなせるが、炊事は、火を使うことを司野にかたく禁じられている。

「万が一、火事を出したとき、お前は何もかもを放り出して逃げるということができないたちだろう。家に残って火を消そうとし、焼け死ぬのがオチだ。いかに俺でも、死んだ奴を蘇生《そせい》させることはできんぞ。料理はやめておけ」

そんな司野の台詞《せりふ》があまりにも正論すぎて、正路には、一言も言い返すことができなかった。むしろ、司野は自分の性格をこうまできっちり把握してくれているのかと、軽い感動すら覚えたほどだ。

ゆえに昼食は、司野が朝食を用意するついでに作っていってくれるおむすびを食べ、夕食は……。

「こんばんは、足達様。お待たせ致しました。お腹が空《す》いたでしょう」

驚くことに、早川が毎日、何かを買って届けてくれるようになった。

「こんばんは。毎日、すみません」

今日も午後六時過ぎに訪ねてきた早川を、店の扉を開けて出迎えながら、正路は申し訳なそうに挨拶《あいさつ》をして、そう言った。

「何を仰《おっしゃ》いますか。辰巳様にハードワークをお願いしているのですから、このくらいは当然のこととお考えください。そんなお顔をなさらず、さあ」

相変わらず、地味なスーツ姿にアタッシェケースという姿の早川は、にこやかに正路を促し、勝手知ったる何とやらの趣で、茶の間に上がってきた。

部屋の隅っこにコートとジャケットをきちんと畳んで置き、ワイシャツを腕まくりして、買ってきた惣菜《そうざい》を温め、夕食の支度を始める。

その、ゆったりしていながら無駄のない動きは、常日頃から家事をこなしている人特有のものだ。

正路が、水屋から食器を出しながらそれを指摘すると、早川はこともなげに答えた。

「独身時代、一人暮らしが長《なご》うございましたから。ただ、わたしは、他人様《ひとさま》に召し上がっていただくような料理は作れませんので、買ってきたものでお許しください」

そう言って、早川は瞬く間に二人分の食事を卓袱台《ちゃぶだい》に整えた。

初日は正路だけの分を買ってきた早川だが、正路が、自分が食べるのをただ見守ってもらうのを、申し訳なく、居心地悪く感じているのを察したのだろう。翌日からは、「わたしも、表の仕事の帰りでして。いささか空腹ですから、軽くお相伴させてください」と、自分の分も用意するようになった。

今日のメニューは、甘酢あんを絡めた鶏《とり》の唐揚げ、ブロッコリーと卵とアーモンドのサラダ、中華風コーンスープに、パック入りの白飯である。

「さ、召し上がれ」

「いただきます。今日も、ありがとうございます」

礼儀正しく挨拶をして、正路は少し迷い、箸《はし》ではなくフォークを取った。いくら練習しても、手が大きくなるわけではないので、箸使いは未《いま》だ拙《つたな》いままなのだ。

「美味《おい》しいです。とっても」

大きな唐揚げをフォークでしっかり刺し、小さな口で一生懸命齧《かじ》りながら、正路は感想を口にした。

実際、早川が買ってきてくれる惣菜は、どれもとても味がよい。名の通った店を選んで購入しているのだろう。

ただ、早川が一緒に食べてくれるので寂しさは多少減じているものの、つい、司野が作ってくれるいつもの食事と無意識に比べてしまうのが、つらいところだ。

(買ってきたお惣菜は味がこんなに濃いんだな。それに、とっても美味しいのに、何故か……なんだろう、寂しい、んだろうか)

正路は、唐揚げ、サラダ、スープ、と順番に味わいながら、思いを巡らせた。

美味しいと味覚は告げているのに、そして勿論《もちろん》腹も膨れるのに、何故か、心が満たされる感じがしない。

それでも、食べることと睡眠が、カギロイに奪われた「気」を元の状態に戻す近道と心得て、正路は一心に食べ続ける。

自分も、軽く盛りつけた惣菜をつまみながら、早川は眼鏡の奥の優しい目を細めた。

「お寂しいでしょうね」

そう言われて、正路はギョッとして顔を上げた。

「あ、いえ、僕、その」

「辰巳様を長時間拘束してしまっていることは、重々反省しております。申し訳ありません。食事などでは、罪滅ぼしにもなりませんが」

「いえ、そんなこと！　毎日、本当に美味しい料理を用意してくださって、凄《すご》くありがたいと思ってます。本当は、真っ直ぐお家《うち》に帰りたいはずなのに」

正路が感謝と謝罪を同時に口にすると、早川はちょっと困った顔で箸を置いた。

「そんなことは、お気になさらず。これは、わたしが辰巳様にお願いしてさせていただいていることですから」

「早川さんが？」

てっきり、司野が依頼したのだと思っていた正路は、フォークを持ったまま目をパチパチさせる。早川は、本当だというように、緩く頷《うなず》いた。

「術者に仕事を依頼し、そのスムーズな遂行をサポートするのが、エージェントであるわたしの務めです。辰巳様に安心して働いていただけるよう、こうして足達様のご無事を確認し、お食事をしていただき、お困りごとがあれば伺う。これは職務の一環です。ただ仕事をしているのだとお考えいただければ」

「お仕事……。でも、ありがとうございます。僕、今、ろくに何もできないので、とても助かってます。本当は、食べるものくらい近くのコンビニまで買いに行けばいいんですけど、僕が外に出て何かあったら、司野にさらに迷惑がかかるので」

「そうですとも。足達様にかけられた呪《しゅ》の解除方法をできるだけ早く割り出すべく、精いっぱい努力をしております。どうか、今しばらくご辛抱を」

「あの、それについて、僕に何かできることは」

正路は必死の面持ちでそう言ったが、早川は気の毒そうに首を横に振った。

「残念ですが」

「……ですよね。すみません」

正路はしょんぼりして、それでも皿に残ったブロッコリーとゆで卵の欠片《かけら》を、一緒にフォークで刺して口に運ぶ。

早川は、室内を見回し、しみじみと言った。

「それにしても、懐かしゅうございます。以前も、こうしてこちらに何日間か、お食事をお運びしたことがございました」

「えっ？」

正路は、驚いて顔を上げる。早川は、悪戯《いたずら》っぽく笑って、自分の唇の前に人差し指を立ててみせた。

「このお店の先代ご主人がご存命の頃、初めて、辰巳様にお仕事をいくつかお引き受けいただいたときの話です。無断でお話ししてしまうことになりますから、辰巳様にはどうかご内密に」

正路は、しっかりした食感のブロッコリーを一生懸命咀嚼《そしやく》しながら、片手で口を押さえて大きく頷く。

「司野が、外注でお仕事を受けたって言ってた話、ですね？」

「左様でございます。先代のご主人が病にお倒れになったとき、辰巳様は、入院費用を一切気にせず治療を受けてほしいと……」

「もしかして司野、大造さんの治療費を稼ぐために、術者としてのお仕事を？」

じゅちゅしゃ、と舌を嚙《か》みそうになりつつ言った正路に、早川は静かに頷いた。

「ご本人にも奥様にも後悔がないよう、お望みの治療を選択できるよう、手っ取り早く稼ぎたいと仰せでした。わたしは、そこにつけ込ませていただいたわけです」

「そう、だったんですか。そもそも、どうして司野のことを知ったんです？」

「そこは、『組織』の人脈でございますね。結局、人間が仕入れ、他者に耳打ちする情報が、いちばん鋭敏なのです。無論、その場合、情報ネットワークに組み入れる人材は、相当に厳選せねばなりませんが。情報は早いだけでは駄目で、正確である必要がありますからね」

早川の口調はおっとりしていたが、話の内容には、何とも反応しにくい凄みがある。それ以上、突っ込んで訊《き》いてはならないという気配を感じて、正路は違うポイントを掘り下げてみることにした。

「あの、それで、毎日ここに来ていたというのは？」

「やはり今のように、辰巳様が『お仕事』に忙殺されることになりましたので。先代店主の奥様、ヨリ子様のことを辰巳様が心配なさいまして。病院にお見舞いに出掛けて戻られた頃に、毎日ヨリ子様をお訪ねし、お夕食を届けさせていただいておりました」

「そう、だったんですね」

「ヨリ子様はたいへん優しい方で、いつもご夫君と辰巳様のお話をなさっていました。神仏が、素晴らしい息子を授けてくれたと。そう仰《おつしや》っていましたね」

具体的な話しぶりを口に出さずとも、ヨリ子との語らいのひとときがとても和やかで温かなものだったことが、正路には十分過ぎるほど伝わる。

「司野、大造さんとヨリ子さんにとってもも愛されてたんですね」

「ええ、とても。辰巳様も、ご夫妻をたいへん大切にしておいででした。ご本人は、『人間の世に紛れて生きるための足がかりを与えてくれた、その借りを返しているだけだ』と仰せでしたが」

司野の口ぶりを中途半端に真似て、早川は意味ありげに正路を見る。

正路も、思わず笑い出した。

「司野の声で再生されちゃいました。どうして司野って、いつもそうなんだろう。妖《よう》魔《ま》って、『大好き』って言ったら死んじゃう呪いでもかかってるのかな」

「まさか!」

早川もふふっと笑い、それから急に表情を引き締めてこう言った。

「いえ、妖魔が人の式神となり、人の世に紛れて生きるにあたっては、様々な葛藤《かっとう》がおありだったでしょう。人間と馴《な》れ合わず、愛情を否定する。それが辰巳様の、妖魔としての矜持《きょうじ》、なのでしょうかね」

正路も、真顔で頷いた。

「そうかもしれません」

「とはいえ、たとえ冷淡な物言いをなさっても、実のところは足達様をたいへん気にかけていらっしゃるのも、また」

早川はそう言いかけたが、正路は小さく首を横に振った。

「僕は、大造さんやヨリ子さんみたいに、司野に『好き』って思ってもらえる資格も要素もありません」

「足達様……」

「僕は、司野のために何もしてあげられないから。特に今は、本当に何も。ただ、ひたすら負担に……お荷物になっているだけで。司野、僕なんかを下僕にして、損したって思ってます、きっと」

世間話に紛れた泣き言として、軽い調子で言おうとした正路だが、五歳児のたどたどしい口調と相まって、妙に悲愴《ひそうかん》感が漂ってしまう。

正路の目が軽くではあるが潤み始めたのに気づき、早川はサラリと話題を変えた。

「ところで、その猫さんのブローチは、よく効いているようですね。日に日に血色がよくなっておられるのがわかりますよ」

そんな指摘に、正路もセーターの胸につけた黒猫の顔のブローチに触れ、ニッコリする。

「はい！　カギロイさんにずっと『気』を奪われ続けてるって知らされたときにはショックでしたけど、こんな可愛いブローチがそれを阻止してくれてると思うと、とても心強いです。あの、用意してくださった術者さんたちに、よろしくお伝えください」

「畏《かしこ》まりました。お伝えしたら、お喜びになると思います。足達様のご体調がよくなるようにと、気持ちを込めてくださいましたからね」

「ありがたいです。……僕、色んな人に支えてもらってますね」

「人の支えは、巡るものです。いつか、足達様が誰かをお支えになるときのためにも、まずは体力気力を万全に。ささ、もっと召し上がってください。今日はデザートに、スイートポテトがございますよ」

「うわあ、デザートまで……！　すみません」

「わたしが見かけて、食べたくなってしまったものですから。妻と娘にもお土産に購入致しました」

そう言って笑ってみせる早川は、きっと、正路が塞《ふさ》ぎがちなのに気づいていて、励ますつもりでスイーツを買ってきてくれたに違いない。

（駄目だな、僕。何もできないんだから、せめて司野にも早川さんにも心配をかけないように、しっかりしなきゃ）

正路は心の中で自分自身を叱り、「たくさん食べます！」と努めて元気な声を出したのだった。

司野がいつもより早い、午後九時過ぎに帰宅したのは、それから三日後のことだった。

自室で勉強していた正路が、物音に気づいて大急ぎで、しかし慎重に急な階段を下りると、司野はちょうど茶の間でコートを脱いでいるところだった。

「おかえりなさい！」

正路が声をかけると、司野はチラと視線を寄越し、それからコートを腕に掛け、大《おお》股《また》に自室へ行ってしまった。

ここのところ、司野と顔を合わせるチャンスは朝食のときだけだったので、もし、彼がよければ、ほんの数分でも語らいのときを持ちたい。

そんな気持ちで、正路はおずおずと司野の部屋を訪ねてみた。

幸い、襖《ふすま》は開け放たれたままだが、灯《あか》りは点《つ》いていない。

「司野、ちょっとだけお邪魔しても……わあっ」

襖に手を掛けてヒョイと中を覗《のぞ》いた正路は、驚きの声を上げて暗い部屋に駆け込んだ。

ダークグレイのタートルネックセーターとチノパンという帰ってきたときの姿のままで、司野が畳の上に大の字に横たわっているのが見えたからだ。

「司野、大丈夫!?」

「うるさい。鳥のように甲高い声でさえずるな。頭に響く」

司野は片手で目元を覆いながら、呻《うめ》くように言った。

正路は、そんな司野の傍らに座り込み、小声で囁《ささや》いた。

「ごめん。でも、司野がなんだか具合悪そうだから」

「さすがに疲れた」

正路はハッと胸を衝《つ》かれた。

司野が、そんなストレートな泣き言を言うのは、初めてのことだ。

(よっぽどくたびれてるんだ。僕のせいで)

「ごめんなさい」

思わず口から零《こぼ》れた謝罪の言葉に、司野はゆっくりと顔の上に載せていた手をどけた。軽く充血した双眸《そうぼう》が、正路を見上げてくる。

「お前が詫《わ》びる必要はない。俺がそうすると決めてしているだけのことだ。疲れたというのは、ただの事実に過ぎん」

「それは、そうかもだけど……。でも、司野が疲れたなんて言うの、初めてだから、よっぽどのことだと思って。どうしよう。お水、飲む？　それとも何か食べる？　早川さんが買ってきてくれた焼き菓子があるけど」

「要らん。人間の食い物で、この疲れが回復することはない」

正路の提案を言下に却下した司野は、小さな両手を畳につき、オロオロと自分の顔を覗き込む正路を見た。そして、そのシャツの背中を引っ掴《つか》んだと思うと、まるでぬいぐるみでも抱くように、正路を自分の上に乗せてしまった。

「う、うわっ、司野」

司野の上にうつ伏せに寝そべる状態になり、正路は驚きつつも従順に、司野の胸に両手を置いて、身体を軽く支えた。

司野は正路の背中にゆるく腕を回し、こう言った。

「かなり『気』が戻ったな。ならばよかろう。少しばかり寄越せ」

そう言われて、正路の顔がパッと輝く。

「いいよ！　いくらでも……っていっても、この身体じゃそんなに出せないかもしれないけど」

「この場合は、量より質だ。お前の金色の『気』は、今の俺にとっては甘露だ。ただの一滴で、俺の渇きを癒す」

「本当に？」

ああ、と掠《かす》れた声で言って、司野は目を閉じる。

嬉《うれ》しい。そう感じた瞬間、正路の胸に、ほわっと金色の光が点《とも》った。

大人の身体のときと違い、その弱々しい光は全身を覆うまでにはならなかったが、それでもささやかなせせらぎほどの流れとなって司野のセーターの胸元に届き、じわじわと染み込んでいく。

「子供のなりでも、『気』の味は変わらんな。むしろ、味わいが澄んでいる」

目をつぶったままソムリエめいた言葉を口にする司野に、正路は安堵《あんど》の表情になった。

「よかった。たっぷりじゃなくてごめん。でも、ないよりはマシ……かな」

「その通りだ」

正路は身体の力を抜いて、司野の胸に上半身をぴったりとつけた。

距離を詰めたところで大して変わりはないかもしれないが、少しでもたくさんの『気』を司野に届けたいと願う正路の、半ば無意識の動作だった。

「早川さん、僕にはとってもよくしてくださるけど、司野にはどんな仕事を依頼してるの？　やっぱり、付喪神《つくもがみ》関係？」

司野の胸に柔らかな頬を押し当て、正路は訊《たず》ねてみた。

セーター越しに、人間のそれと変わらない筋肉の張りを感じる一方、司野の胸からは、いくら耳をそばだててみても心臓の鼓動は聞こえてこない。

なるほど、これは本当の肉体ではないのだと納得する心と、とてもそんなことは信じられないと思う心が、正路の胸の中でせめぎ合う。

司野は、正路の「気」をじっくり味わうように目を閉じたまま、掠れ気味の低い声で答えた。

「色々だ。早川のやつ、ここぞとばかりに厄介な案件ばかり押しつけてくる。今日は、長らく放置された廃墟《はいきょ》を再開発で取り壊そうとしたら、工事関係者に謎のアクシデントが相次いで困っているという現場へ行ってきた」

「いかにもな話だなあ。それが霊障のせい、つまり妖魔《ようま》のせいだったってこと？」

「そうだ。廃墟は、力の弱い妖魔どもが好む住み処《か》だからな。行ってみたら、低級霊どもが山ほど住み着いていた。人間の術者であれば調伏《ちょうぶく》するところだろうが、俺は妖魔だからな。低級霊を根こそぎ喰《く》らってきた。まだ胃もたれがする」

「……うわ。聞いただけでも大変そうだ。胃薬とか、飲む？」

「要らん。人間の薬が妖魔に効くはずがなかろう。……それにしても、さすがに骨が折れた上、喰らったところで大して俺の妖力にはならん。しかも味が悪い」

「霊とか妖魔にも、美味《おい》しいとかまずいとか、そんなに差があるんだ？」

「大いにある。一般的な傾向ではあるが、やはり力のある妖魔のほうが旨《うま》い。今日の低級霊どもは……そうだな。人間の飲食物にたとえるなら、質の悪い水のようなものだ。まずい上に、何の栄養にもならん」

「な、なるほど」

まさか、妖魔の食レポを聞くことになるとは思わず、正路は面食らいながらも相づちを打つ。

「だが、平気で妖魔と雇用契約を結ぼうという、あの組織の懐の深さは面白い。そして、奴らが持つ知識と術者のネットワークも興味深い。陽炎と対峙《たいじ》するときに、多少は戦力になるやもしれん」

司野のそんな言葉に、正路は優しい眉《まゆ》を曇らせた。

「カギロイさんと、対峙……」

「回避できれば俺とて楽だが、そうもいくまいよ。楽観的に構えるよりは、打てる手を打つほうが建設的だ。それに」

「それに？」

正路が続きを促すと、司野はこう言った。

「少なくとも、俺が『組織』の連中の期待に応《こた》えている限り、早川は相応の見返りを用意する男だ。お前にかけられた陽炎の呪《しゅ》を解く方法の一つを見つけてきた」

「えっ？　ほんとに⁉」

正路は驚いて、再びガバッと司野の胸の上で上体を軽く反らす。司野は薄目を開けて頷《うなず》いた。

「夕方、早川から報告を受けた。播磨《はりま》地方の郷土史に、出雲玄鉄の父、玄宗とおぼしき陰陽師《おんみょうじ》についての記述がいくつか見つかったそうだ。民間陰陽師としての本当の彼らのルーツは、その辺りにあるのだろうと早川は言っていた」

「郷土史？　平安時代の記録が残ってたってこと？」

「昔話としてその地で代々語り継がれたことを、近世になって誰かが書き留めたというパターンだ。信憑《しんぴょう》性が薄い話がほとんどだが、中には参考になるものもある。陽炎の真の主《あるじ》が誰であれ、出雲親子とまったくの無関係ということはあるまい。しかも、玄宗にまつわるとある話が、お前の件と実に似ている。陽炎が用いた呪が、出雲親子が編み出した術によるものである可能性は大いにあるな」

「それって、どんな話？　どんな方法で、僕にかけられた呪は……んぐ」

正路の子供らしく低い鼻をギュッとつまみ、「主を急《せ》かすな」と小言を言ってから、それでも司野は律儀に説明を始めた。

「要約するとこうだ。都に住まうとある貴族が、玄宗と名乗る、怪しげだが腕の立つ陰陽師を呼び寄せ、密《ひそ》かに政敵を呪わせた」

「政治のライバルを陥れようとしたってことだね？」

「そうだ。政敵だった男は、一夜にして、頑是無い幼子に変化させられた、という」

「！」

司野の胸に置かれた正路の指先に、ぐっと力がこもる。

「ホントに、今の僕と同じだ！　その人、どうなったの？　元に戻れた？」

「今から話すところだ。急かすなというのに」

司野は顰《しか》めっ面をしつつも、片手を正路の背中に置いたままで淡々と語った。

「だが、子供に変えられた政敵のほうも、大陸渡りの優れた道士を抱えていた。道士は雇い主に呪をかけたのが玄宗だと突き止めると、蚊に姿を変えて玄宗の血を吸い、雇い主の下に戻った。そして、玄宗の血をもって、奴にかけられた呪を断ち切った」

「蚊！」

「そうだ。たちまち政敵は元の姿に戻り、玄宗は雇い主の不興を買って都を追われた……と。まあ、噂話に、親が子らを楽しませるために、大袈裟《おおげさ》に枝葉を加えて語り継ぐうち、大いに脚色されただろうが、それでも骨子はこうだ」

正路の両目が、キラキラと期待に輝いた。

「じゃあ、玄宗の息子の玄鉄、その玄鉄とかかわりがあったカギロイさんの呪は、カギロイさんの血があれば解けるかもしれな……あ」

勢い込んで喋《しゃべ》り始めた正路だったが、ふとあることに気づいて、おずおずと司野に問いかける。

「ごめん。凄《すご》くベーシックで失礼な質問だけど、妖魔に血液って……あるの？」

司野は、苦々しげに言った。

「人間と同じような血液はない。だが、この場合、呪をかけたものの身体の一部であれば事足りると解釈すればいい」

「身体の、一部？　髪の毛とか、爪とか？」

「ああ。危害を加えたい相手の生体組織を手に入れ、それに呪をかけることで、本体にその呪が及ぶ……」

「それは、聞いたことがある！　安倍晴明《あべのせいめい》の映画かなんかで見たのかな」

「……お前の知識は、絶望的に底が浅い。まあ、だがそういうことだ。逆もまた然《しか》り。呪というのは、かけた術者と、不可視の糸で常に繋《つな》がっている」

「糸電話、みたいな感じで？」

あどけない子供の姿の正路が口にする「糸電話」は実に可愛らしかったが、妖魔にはまったく響かなかったらしい。司野はますます渋い顔になった。

「実に馬鹿馬鹿しいが、想像するには悪くないたとえだというのが腹立たしいな」

「ご、ごめん。それで？」

「つまり、この場合、術者の生体組織というのは術者本人と解釈しても構わんということだ。術者の生体組織をもって呪を破れば、それをかけた本人が解いたと同義。陽炎がお前にかけた呪も、おそらくはその類《たぐい》のものだろう」

「なる、ほど！」

「強引に呪を破れば、呪をかけられたお前の身が危ういが、陽炎本人が呪を解いたとなれば問題はない」

「ってことは、カギロイさんの生体組織を手に入れれば……。あ、でも、血はないんだよね。他のものは、あるんだろうか」

「あるにはある。お前たちが思うようなものではないがな」

司野の言葉に、正路は小首を傾げた。今、司野の身体の上で、ラッコの子供のように寝そべっている体勢なので、余計に彼の話が不思議に感じられる。

自分の下にある司野の身体が、かつて辰巳辰冬が創り上げた「器」だと聞かされていても、鼓動が聞こえないことでそれが真実だと頭では理解していても、どうにも心がついてこない。

「じゃあ、どんなものがあるの？」

司野は少し考えてから答えた。

「人間が体液の詰まった袋だとすれば、俺たち妖魔は、妖力が詰まった袋だ。妖力は、人間の目には見えないが、お前の第三の目を開けば、見えるだろう？」

正路は、こくんと頷く。

「確かに。光って見える」

「そうだ。それは確かに存在し、妖魔《ようま》といえども、その身が傷つけられれば流れ出す。人間が輸血をするように、妖魔も自分がその気になれば、妖力を他者に分け与えることも可能だ。瀕死《ひんし》のお前を繕ったとき、俺がしたようにな」

「わかりやすい！　本当に、血液と同じなんだね。じゃあ、カギロイさんの妖力を手に入れることができたら、僕にかけられた呪を解くことができる？」

「と、思われるが、俺も早川も、それが現実的な手段だとは考えていない。だから、継続して他の方法を調査中だ」

「どうして？　あっ、そうか。伝承の中では、道士は蚊に姿を変えて玄宗の血を吸いに行けたけど……司野は蚊にはなれないよね。僕もなれないし」

「そういう問題ではない。そもそも妖魔に血液はないから、蚊など寄りつくはずがない。それに妖魔は、己《おの》が身に留まった虫に気づかぬほど鈍くはないぞ」

あまりにももっともな司野の指摘に、正路は頭を抱える。

「そうだった！　じゃあ、虫に化けてちょっと吸いに行く、は無理だね。何か、他の方法は……」

思いを巡らせる正路に、司野は冷ややかに言った。

「他の方法以前に、陽炎の所在がわからん。あれは俺と違って、自由自在に姿を変える。飛ぶことも潜ることも、お前の言葉を使うなら『秒で』可能だ」

「あっ……」

正路は、思わず絶句する。

「そうか、現実的な手段じゃないってのは、そういうことだね」

司野は小さく頷き、また目を閉じてしまった。

「やっと理解したか。まあ、お前があれこれ考える必要はない。早川に任せておけ」

司野が休息を欲していることは重々承知していても、正路はつい、自分の中にくすぶり続ける懸念を口にせずにはいられなかった。

「でも、当事者は僕なのに。司野がこんなにヘトヘトになってて、早川さんが僕のために時間と手間を割いてくれて、でも僕は何もできてない。自分の身体のことなのに」

すると司野は、短く嘆息して言った。

「無駄なことだ。お前がそうやってクヨクヨして、何になる。そうやって自分の無力を嘆いていれば、何かできるようになるのか？　ならんだろう」

「それは、本当にそうなんだけど」

「お前は、ただ大人しくしていろ。何もできないというなら、せめてこれ以上の厄介ごとを増やすな」

司野には、正路をことさら傷つけようという意図はない。そんなことくらいは、もう九ヶ月も一つ屋根の下で暮らしているだけあって、正路にもよくわかっている。

（司野は、本当のことを、真っ直ぐに言っているだけだ。でも）

それでも、あまりにも鋭い刃で心を直《じか》に切りつけられて、正路は目の奥がツンとしてくるのを感じた。

（僕だけ。僕だけが涼しい顔で、「早く何とかして〜」って待ってるだけなんて。あんまりだ。自分で自分が情けなさ過ぎる）

正路とて、「今は耐えるしかない」時なのだとわかっているのだが、やはり焦燥感が日に日に激しくなっていくのを止めることができない。

特に今、依頼をこなし続けて疲弊した司野を目の前にし、正路の自責の念はピークに達しそうだった。

涙が溢《あふ》れそうになり、慌てて服の袖《そで》でゴシゴシと目元を拭《ぬぐ》う正路の仕草を、司野は違うほうに理解したらしい。

「眠いなら寝ろ。俺もこのまま少し眠る」

そんな言葉に、正路は慌てて司野の上から下りようとした。

「せめてお布団……」

「無用だ」

短く言って、司野は手のひらで、正路の背中をポンと軽く叩《たた》く。

もう喋《しゃべ》るな、そして動くなという要求だろう。

確かに、司野に自分の無力を訴えたところで、疲れた司野を苛立《いらだ》たせ、貴重な休息時間を奪うだけだ。

それならば、たとえささやかでも、自分の「気」で、司野の渇きを癒せるように。

正路は司野の上に再び伏せ、胸の内にくすぶり続ける自己嫌悪の念を遠ざけようとした。くよくよしている人間の「気」は、あまり美味《おい》しくなさそうだと思ったからである。

少しでも穏やかな気持ちで、少しでもたくさんの「気」を司野に。

そんな風に思いながら、自分も目を閉じた正路だが、どうも胸元に違和感がある。

(あ、そうか)

うつ伏せに寝ているせいで、正路がいつも胸元につけている例の黒猫のブローチが、司野と自分の身体に挟まり、その存在感を控えめに主張していたのだ。

(まあでも、気になって仕方ないってほどじゃないし、たぶんこの程度の圧では壊れないよね。また司野をイラッとさせないためにも、今は動かずにいよう。ごめんね、黒猫さん)

手作りのブローチに心の中でそっと詫《わ》びたとき、ある思いが正路の胸によぎった。

いや、よぎったというより、電流のように走ったというほうが正しいかもしれない。

(もしかしたら)

ガバッと起き上がりたい気持ちをぐっと抑え、司野の広い胸に頬を押し当てたまま、正路は暗い部屋の中で大きく目を見開いた。

(もしかしたら……今の僕にできること、あるかもしれない。誰のためでもない、僕自身のためのことだから、何も自慢できやしないけど、それでも)

それでも、自分のことなのに、自分だけが何もできずにいるという現状を打開できるかもしれない選択肢は、今の正路には大きな希望だった。

(そうだ。あのこと。僕も、そんなこと絶対ありえないって思ったから、忘れてた)

実は、公園でカギロイに襲撃されたときのことを、正路は司野にすべて打ち明けてはいない。

誓ってご主人様に秘密を作ろうとしたわけではなく、司野がこの上なく不愉快になるだろうと確信していたため、どうしても話せなかった。正路自身にとっても受け入れがたいことだったので、さっさと記憶から追い出してしまったのだ。

しかし、その記憶はしっかり彼の脳内に残っていて、このタイミングでひょっこり浮上してきた。

心の底から嫌悪していたことが、今の正路にとっては、細い蜘蛛《くも》の糸くらいではあるが確かな希望となっているから奇妙なものだ。

(司野に言ってなくてよかったかもしれない。打ち明けていたら、司野のことだから、僕がそんなことをしないように手を打ったかもしれないし、今夜のこと、話してくれなかったかもしれない)

だが、思い出したからには、やるべきだ。それがただ一つ、今の正路が自分自身の「落とし前」をつけるためにできることであり……そして。

(ごめん、司野。また迷惑をかけてしまうと思うけど、僕、やってみようと思う。自分の意志で道を拓《ひら》けって、前に司野は言ってくれたから)

前もって謝ったところで意味はないが、正路は心の中で司野に詫びた。

たったひとつ、やれること、やる価値があると思えること、やるべきだと思うことが胸にあるだけで、心臓の鼓動が速くなる。

こんなことでは、何かを企《たくら》んでいると、司野に悟られてしまいそうだ。

(落ち着け。落ち着いて、特に僕の心臓。今は、司野にいい「気」を送ることだけ、考えるんだ)

自分にそう言い聞かせながら、正路は少しだけ身を起こして、司野の顔を見た。

彼の顔は、いつもながら美しい。こうして暗がりで見ると、大理石の彫像のようだ。

ただ、眉間《みけん》に深い縦皺《たてじわ》が寄っていて、それだけがどうにも苦しそうで気になる。

「……おやすみなさい」

そう囁《ささや》きながら、正路は勇気を出して、短い腕をうんと伸ばし、人差し指の先で司野の眉間をスルリと撫《な》でた。

司野は、毛一筋も動かさず、ぐっすり眠れるおまじない」

「司野が安らかに、ぐっすり眠れるおまじない」

馬鹿なことをと叱られるかと思ったが、意外にも、司野は薄目を開けて、苦笑いしてこう言った。

「僭越《せんえつ》だな。下僕の分際で、主《あるじ》に呪《しゅ》をかけるか」

「呪じゃなくて、おまじないだよ」

「その両者は同じものだ。人間が、勝手な解釈で分類しているだけでな。……だが、なかなかどうして悪くない。お前の指先からも、甘い『気』が流れ込んでくる」

そう言うと、司野はまた目をつぶった。指先を浮かせてみると、彼の眉間の皺も、少し浅くなったようだ。

(払いのけられなかったってことは、触っててていいのかな。むしろ触ってたほうが、いいみたいだな)

とはいえ、眉間にずっと触れているのは体勢的に大変すぎるので、正路は司野の胸の上で少し頭寄りにずり上がり、司野の首筋へと手を滑らせてみた。

そこなら、正路も無理をしないで手を置いていられる。ただ、日常生活では決して触れない部位であるだけに、意識すると、正路はなんだかドキドキしてきてしまう。

(首を触るって、なんだか特別感あるよね。家族でもそうそう触らないもの。これじゃ、なんだかまるでこ……こ、恋人、みたいで。いや、想像だけど)

うっかり、司野の裸体まで思い出してしまって、正路はひとり赤面した。

今でこそ、小さな身体でも危なくない範囲でひとり入浴できるようになったが、この身体にされた夜は、司野が一緒に風呂《ふろ》に入ってくれた。

そのときの彼の陶磁器のような、当たり前だがほくろひとつない美しく均整が取れた肉体を思い出すと、同性の身体を持っている正路ではあるが、憧憬《しょうけい》と羨《うらや》みと共に、謎のときめきを感じずにはいられない。

「なんだ？　お前の手がそこに触れた途端、妙に『気』の甘さが増したぞ。何を考えている？」

訝《いぶか》しげな口調で問いかけてくる司野に、正路は大慌てで首を振り、司野の裸のビジュアルを追い出した。

「なんでもない！　その、美味しくなったんならよかった。おやすみなさい！」

「………？　まあいいが」

投げやりにそう言って、司野はそれきり黙り込んだ。

もとから、本当に必要なのかどうか、正路には判断がつかないほど静かな呼吸なので、司野が眠ったかどうかも判断がつかない。

それでも、司野が休息を求めていることは確かだ。正路も、それ以上、会話を続けようとはしなかった。

決して寝心地がいい「寝床」とは言えないが、司野がこのまま眠るというなら、付き合わないわけにはいかない。

ただ、この部屋には暖房が入っていないし、司野にも体温がないので、このまま本格的に寝入ると、正路の小さな身体はたちまち凍えてしまうに違いない。

「ちょっとだけ失礼」

幸い、近くに落ちていた司野のロングコートを引き寄せ、正路は自分の身体をすっぽり包んだ。結果として、司野の身体の胴体部分も、コートに覆われることになる。

カシミアの上質なコートはふんわり軽いが、そのくせとても暖かい。これなら、風邪を引かずに一寝入りできそうだ。

(もしかしたら、司野に「気」をあげられるの、今日が最後になってしまうかもしれない。でも、できることが見つかったのにやらないで、司野や早川さんがどうにかしてくれるのを待ってたんじゃ、これまでの僕と何も変わらない。怖いけど、踏み出す勇気を持ちたいと思うんだ。……ごめんね、司野)

恐怖で震えてしまっても不思議はないのに、何故か正路の胸には、これまで経験したことのない闘志のようなものが、じわじわと小さく燃えてきたように感じる。

それがいいものなのかそうでないのか、初めての経験である正路にはよくわからない。

だが、確かに一歩、自分が前に踏み出そうとしていることを実感しながら、正路はただ静かに、司野の首筋のひんやりした手触りを感じ続けていた。

翌日、午後六時過ぎ。

「では、今日はこれで。辰巳様も、今日はじきに戻られるでしょう。先刻、依頼した件が終了したというご連絡をいただきましたので」

いつものように「忘暁堂」を訪れ、正路と夕食を共にした早川は、正路と共に片付けを終え、別れの挨拶《あいさつ》をした。

正路も、階段から店のほうに下り、早川を戸口まで見送る。

「明日《あした》また伺います。もし、召し上がりたいものが思い浮かんだら、いつでもメッセージを」

そんな早川の申し出に、正路は笑顔で、しかし少し切なく頷《うなず》いた。

もしかしたら、早川に会うのも今日が最後になってしまうかもしれない。そんな、静かな覚悟があったからだ。

(勿論《もちろん》、生きて帰るつもりってのが大前提だけど、僕は鈍くさいから。一応、心残りがないように気持ちを伝えておこう)

そう考えて、正路は早川の顔を見上げ、もう一度、お礼を言った。

「あの、僕のために色々してくださって、ありがとうございました。とても、感謝しています」

早川は、少し驚いた様子だったが、「いいえ」といつもの柔和な笑顔で応じた。

「お安いご用です。わたしにとっては、これは楽しい『道草』ですよ。どうかお気遣いなく。ではまた明日」

正路は笑顔で頷き、店の扉を必要最低限開けて、暗い通りの先に手を振りながら消えていく早川を見送った。

店に戻った正路は、付喪神《つくもがみ》となった器物の山に触れないよう、慎重に通路を歩きながら、ひとりごちた。

「さて、いよいよだ」

言葉を返してくれる者は家の中に誰もいないが、「なあに？　何をするの？」と不思議がるように、付喪神たちがざわめく気配が、正路には僅《わず》かに感じられた。

第三の目を幾度も使ううちに、そうしたこの世ならざる者たちの気配に、ただの人間である正路も、少しずつ慣れてきたのかもしれない。

「今まで、僕をここにいさせてくれてありがとう。あんまり上手にお世話できなかったけど……あ、いや、ちゃんと帰ってくるつもりだけど、一応、ケジメだからね」

そう言って、左右にペコリと頭を下げると、正路は茶の間に戻り、身支度を始めた。

身支度といっても、今着ている服の上から、これまで一度も袖《そで》を通したことがなかった、新品の子供用ダッフルコートに袖を通せば準備完了だ。

だが、仕上げにもうひとつ、必要なアクションがあった。

「僕のために作ってくれたものなのに……ごめんなさい。帰ってこられたら、きっと大事にします。これまで守ってくれて、本当にありがとう」

そんな感謝の言葉を口にしながら、正路が小さな手で不器用にシャツから取り外したのは、早川に渡されてから、かたときも身体から離したことがなかった黒猫のブローチだった。

カギロイに搾取されないよう、「気」の流出を阻止するための大切な道具を、正路は自分の手で取り外し、卓袱台《ちゃぶだい》の上にそっと置いた。

そして、茶の間の箪笥《たんす》の上に飾ってある、大造とヨリ子の写真に、ペコリと頭を下げた。

「お世話になりました。もし帰ってこられなかったら、司野のこと……よろしくお願いします。空から、見守ってあげてください」

そして正路は茶の間の灯《あか》りは点《つ》けたままにして、薄暗い店の中を通り過ぎ、今度は大きく扉を開けて、外に出た。

鍵穴《かぎあな》の高さに四苦八苦しながらもどうにか施錠し、正路はすうっとひとつ、深呼吸した。

早くも、脚が小刻みに震え始めている。

自分で思い立ったことなのに、実行に移すとなると、やはり怖い。

さらに、暖かなコートを着込んでいるのに、全身がゾクゾクと冷えていく感じもする。

おそらく、カギロイが正路に仕込んだ「気」を継続的に搾取するためのルートが早くも再開し、正路の身体から、少しずつ「気」が失われているのだろう。

まともに動けなくなる前に、アクションを起こさなくてはならない。

「時間がない。怖がってる場合じゃないぞ」

自分自身にそう言い聞かせ、正路は手袋をはめた両手で、自分の頬を叩《たた》き、気合いを入れた。

急がなくてはならない理由は、他にもある。

何しろ、人目を避けるために、辺りがとっぷり暗くなった頃を選んだわけだが、それは同時に、「五歳児がひとりで外を歩いていてはいけない時間帯」でもある。親切な大人に見つかり、警察に通報などされてはたまったものではない。

そしてもうひとつ。

司野の結界の外に出たことは、早晩、司野に知れるだろう。

それはどうしても避けられない事態ではあるのだが、正路の「脱走」を知った司野がアクションを起こす前に、正路にはやらなくてはならないことがあるのだ。

「急ごう。あそこまで行けば……おそらく……!」

正路は、五歳児の全力で走り出した。

道行く大人たちが驚きの目で見ているのを感じたが、走り続けてさえいれば、呼び止められることはないだろう。

家路を急いでいる、くらいに思ってもらえますようにと祈りながら、正路は息を弾ませ、徐々に怠《だる》くなってくる身体を励まして、ひたすら走った。

やがて目の前に、因縁の場所が見えてきた。

そう、カギロイと出会い、子供の姿に変えられた場所である。

そしてそこは、司野の結界からギリギリ外れた場所でもある。司野の守護の呪《しゅ》は、今の正路を守ってはくれない。

(僕、ひとりだ。これまで考えたこともなかったけど、降りかかった火の粉は、自分

で払う……って、こういうときに使う言葉なんだろうな）

そう思いながら、正路は両手をギュッと握り締め、震えを封じ込めようと努力しながら、公園の中へ歩を進めた。

幸い、小さな公園には誰もいない。

昼間は子供たちに親しまれているのであろう遊具も、親たちが座って我が子を見守っているであろうベンチも、白々した外灯に照らされ、何とも寂しげだ。

時間を間違えて遊びにきてしまった子供。

そんな感じの自分の姿を滑稽《こっけい》に思いつつ、正路はベンチの近くに立ち、深く息を吸い込んで、小さな声を出した。

「カギロイさん、僕、来ました」

それこそが、正路がこの公園までやってきた理由、そして、司野に語らなかったことだった。

『僕のところへおいで』

と、あの日、幾度かカギロイが誘いをかけてきたのは、まったくの冗談ではなかったかもしれない。正路は、そう感じていた。

というのも、彼の呪により意識を失う寸前に、頭にぼんやり聞こえてきたカギロイの声を、正路は覚えていたからだ。

『僕のところに来る気になったら、ここで呼びたまえ』

確か、カギロイはそう言っていた。

(司野は、カギロイさんの居場所を突き止めるすべがないから、あの手段が現実的じゃないって言ってた。でも僕なら……僕のほうから、カギロイさんを呼べるかも!)

そんな正路の期待に応《こた》えるように、音もなく、目の前にカギロイが現れる。

自分で呼んでおきながら、思わず驚きの声を上げて後ずさった正路に、今夜も黒ずくめの服装をしたカギロイは、可笑《おか》しそうに笑った。

「こんばんは、下僕君。しばらく、僕に『気』を貢いでくれなかったのに、いきなりの呼び出しとは嬉《うれ》しいね」

「そ、それは」

「まあ、君ひとりの『気』など、たまにつまむ焼き菓子くらいの立ち位置だ。そう気にすることはない。で、司野を捨てて、僕の玩具《おもちゃ》になる決心がついたんだね?」

長い髪を片手で払いながら、カギロイは優雅に微笑んだ。

正路は、ゴクリと生唾《なまつば》を呑《の》み、さりげなくコートのポケットに右手を突っ込んだ。

「つき、ました」

「おお、それはいい心がけだ。では、司野に会うときは、必ず君を傍らに侍《はべ》らせることにしよう。司野のやつ、歯嚙《はが》みするだろうな。想像するだけで愉快だな」

正路にとっては耐えがたい企《たくら》みを口にしながら、カギロイは、正路に近づくと、そのコートの襟にいきなり片手を差し入れてきた。その冷たさと、どうしようもない嫌悪感に、正路の全身がビクリと震える。

「司野のやつ、子供の君を抱くようなことはなかったと見える。綺麗《きれい》な首筋だ。あいつには、妖魔《ようま》のくせに道徳心があるらしいね。人間に肩入れしすぎるから、そういうことになる」

司野は立派なご主人様です、と言いかけて、正路はグッと思いとどまった。今、司野を見限ってカギロイにつこうとしているはずの自分が、口にすべき台詞《せりふ》ではないからだ。

「僕は、幼い君を抱くのも一興だと思うけれどねえ。大人の君はずいぶん貧相だったから、可愛い子供のほうが食欲が湧きそうだ」

そう言って、カギロイは正路の胸元をシャツ越しにまさぐってから、その手を首筋に滑らせ、オトガイで止めた。

そして、憤りと恐怖で青くなった正路の幼い顔を見下ろし、ニイッと口角を吊《つ》り上げた。

「なんだい、その顔は。新しいご主人様を畏敬《いけい》するのはいいけれど、恐怖するのは可愛くないな。君、いや、お前には崇拝という習慣を教えなくてはいけないね」

（誰が、お前なんかに！）

司野を貶《けな》され、自分の身体を弄《もてあそ》ばれて、正路の心の底には怒りの炎が燃える。だが、それを気取られてはいけない。

正路は、強張《こわば》った顔のまま、カギロイを見上げ、自分の人生で初めて、心にもないことを口にした。

「かわいがって、くれますか」

泣きたい気分だったが、言わねばならないと感じた。

緊張し、怯《おび》え、警戒する表情が、むしろ嗜虐心《しぎゃくしん》を満足させたのだろう。カギロイは実に楽しそうに、「いいとも」と答えた。

「僕を崇《あが》め、僕に心酔したまえ。そうすれば、飽きるまでは可愛がってあげるよ。ほら、こんな風にね」

そう言いながら、正路の顎《あご》に手を当てたカギロイは、地面に片膝《かたひざ》をつき、正路の腰を抱いて、ぐいと引き寄せた。

同じ高さになった互いの顔が、ぐっと近づく。

カギロイは、口づけをするつもりだ。

それに気づいて、正路は戦慄《せんりつ》した。

今夜は、正路を試すつもりか、前回のように顎を掴《つか》みはしない。

（そうか、僕の本気を試しているんだ。僕が、本当にカギロイさんを選んだことを確かめようと……）

ならば、受けるしかない。そして、これは千載一遇のチャンスだ。

（覚悟を決めろ、僕！　やるしかないんだ。これは、僕自身のためだ！）

正路は、目を開けたまま、それでも自分から顔を上げ、近づいてくるカギロイの唇を受け入れる姿勢を示した。

「おやおや、ムードがないね。辰巳司野に、こういうときは目を閉じるものだと教わらなかったの？」

「……見て、いたいので」

震える声で、正路は答える。カギロイは、ますます上機嫌に笑った。

「僕の顔がそんなに好きなの？　まあ、綺麗だからね。無理もない。ご褒美だ、うんと深いキスをあげよう」

「……んむっ」

今の正路は子供で、口も小さい。だがカギロイはそんなことにはお構いなしに、正路の唇を自分の肉感的な唇で覆った。

狭い口腔《こうこう》に、グイッと舌をねじ込まれ、正路は苦悶《くもん》の呻《うめ》き声を上げる。

ドライアイスを押し当てられているようだ。冷たさというより、顔じゅうの筋肉と粘膜が鋭い痛みを訴えてくる。

おそらく、豪快に「気」を吸われているのだろう。

「……ん、んんっ」

苦しみながらも、正路はコートのポケットから右手を出した。

正路が息苦しさに暴れていると思っているのか、カギロイはそのアクションを気にする様子もない。

(今しかない！)

正路は、左腕でカギロイに抱きつくと、右手で彼のうなじを打った。

いや、打ったのではない。密《ひそ》かに隠し持っていたカッターナイフを、カギロイの長い髪ごしに、うなじに全力で突き刺したのである。

しかし、カギロイは驚きの声ひとつ上げなかった。

ただゆっくりと正路から唇を離し、さっき自分が緩めたコートの襟を引っ摑むと、小さな身体を地面に叩《たた》きつけた。

「あうッ」

正路は受け身の体勢すら取れないまま、地面に打ち付けられ、動けなくなる。

「やんちゃは感心しないな」

平然と嘯《うそぶ》いて立ち上がったカギロイは、自分のうなじに手をやり、浅くささったままだったカッターナイフを引き抜いて、無造作に投げ捨てた。

カッターナイフは、倒れた正路のすぐ近くに転がる。

「愚かな子だ。そんなもので、妖魔を殺せるとでも思ったのかい？　いや、司野の奴なら殺せるかもしれないが、僕とあれを一緒にしないでほしいね」

「……しの、は、凄《すご》い妖魔、です。僕の大好きな、ご主人様です。あなたなんかとは、違う！」

せっかくのダッフルコートは、トグルがいくつか取れ、鮮やかな黄色の生地も土まみれになってしまった。顔から地面に激突したせいで、正路の頬は、擦り傷で血だらけになっている。

それでも、もう心を偽る必要はない。望むものは、手に入れた。しかも、自分の手で。

まだ立ち上がれず、それでも正路は、カギロイが捨てたカッターナイフを拾い上げた。

ただし、彼が自分で何とかできるのは、ここまでだ。

ここからは……信じるしかない。

「それが本心かい？　じゃあお前は、司野のために、僕を殺しに来たの？　おやおや、思い上がりも大概にしてほしいね。この僕を呼びつけて、何様だい？　虫けらめが」

流石にプライドを傷つけられて腹立たしいのだろう。カギロイは手加減なしに、ピカピカの革靴で正路の腹を蹴《け》りつけた。

「うぐっ……う、うう」

カッターナイフを死守することに全力を挙げているので、自分の身体を庇《かば》う余裕がない。まるでカンフー映画の特殊効果映像のように、正路の小さな身体は吹っ飛ばされ、遊具の鉄柱にぶつかった。

「僕のもとにくれば、何不自由ない贅沢《ぜいたく》な暮らしができたのに。愚かな。司野をいたぶる玩具《おもちゃ》としては優秀だと思ったが、もういい。自分の選択を悔やみながら、襤褸《ぼろ》雑巾《ぞうきん》のように死ぬがいい」

そんな台詞を吐きながら、カギロイは、全身を打撲してダンゴムシのように丸まった正路のほうへ、ゆっくりと近づいていく。

(僕、ちょっと来るのが早すぎたかな。でも……でも)

目前に死が迫っていても、正路は希望を捨てていなかった。ただ、ここでカギロイに殺されるなら、その前に、人生最後に呼びたい人の名は。

「……しの！」

苦しい呼吸の中から、正路が幼い声で叫んだそのとき。

「正路ッ」

いちばん聞きたかった声が、正路の鼓膜を打った。

(来て、くれた……！)

同時に、早川の声も聞こえる。

「一時的に、周囲に結界を張りました！　ただ、老いぼれの仕事です。あまり信頼なさいますな」

(早川さんも!?)

顔を上げて、周囲の状況を確かめようとした正路は、悲鳴を上げた。司野が、地面に倒れたままの正路を、力尽《ちからず》くで抱き起こし、立たせたからだ。両手で痛いほど強く正路の肩を掴み、司野は声を荒らげた。

「正路ッ！　お前、何故こんな無茶を」

「僕にだって、できることが、あったから。これ」

それだけどうにか言って、正路は司野に、大事に抱え込んでいたカッターナイフを差し出した。

それを一瞥《いちべつ》しただけで、すべてを察したらしい。司野は頷《うなず》き、「よくやった」と短く言った。

(司野が、僕を、褒めてくれた……？)

信じられない気持ちで、正路は司野の端整な顔を見つめる。

司野は、正路の顔を覗《のぞ》き込んで、早口に問いかけた。

「お前、俺を信じられるか。何をされても、心の底から、一片の疑いもなく」

正路は、こっくりと頷く。

「何をされてもだぞ?」

念を押され、正路はもう一度、ハッキリと頷いた。

「信じる。司野だから。僕は……司野が大好きだし、僕の全部は、司野のものだから」

司野は頷くと、正路を地面に座らせ、自分は立ち上がって、両手でカッターナイフを振りかぶった。

「決して俺を疑うな。逃げるな。すべてを受け止めろ。さもなくば、呪《しゅ》は解けず、お前は俺の手で死ぬ」

そんな恐ろしい宣告にもかかわらず、正路の心はむしろ喜びに満ちていた。

恐怖はない。躊躇《ちゅうちょ》もない。

何故なら、むしろそれらは、司野の側にあるからだ。

司野の、いつもは冷静沈着な顔が、僅《わず》かではあるが、歪《ゆが》んでいる。

正路にかけられた呪。それを断ち切るための、カギロイの妖力《ようりょく》が、そのカッターナイフには付着している。正路がカギロイを傷つけ、みずから手に入れたキーアイテムだ。

だが、それを扱う司野のほうは、上手《うま》くいかなければ……あるいは、早川の情報が正確でなければ、自分の手で正路を殺《あや》めてしまうことを恐れている。

決して彼自身は認めないだろうが、正路はそれを敏感に感じとっていた。

「大丈夫だよ、司野。僕は君を信じてる。……やって」

そう言いながら、正路は、自分のジンジン痛む頬に、小さな笑みが浮かぶのを感じていた。

「……行くぞ！」

それを見た瞬間、司野の顔から迷いが消えた。正路も、頷いて鋭い切っ先をじっと凝視する。

次の瞬間、司野が振りかぶったカッターナイフは、目にも留まらぬ速さで正路の頭のてっぺんに突き刺さり……は、しなかった。

何故か、正路の身体が空気に溶けでもしたかのように、カッターナイフの鋭い刃はするすると正路の身体を通り抜け、そして、地面に突き刺さった。

「……切れた」

司野の口から、そんな呟《つぶや》きが漏れる。

「あ……あ、あー！」

正路は、急激な眩暈《めまい》に襲われた。地面がみるみる遠ざかり、世界がぎゅんっと縮んでいく。ビリッ、バリッ、と奇妙な音も聞こえた。

思わず目をギュッとつぶり、どうにか倒れずに踏ん張った正路は、そろそろと目を開け……そして、思わずギャッと叫んだ。

確かに、カギロイの呪は解けていた。

正路は、元の大人の身体に戻っていた……のだが、考えれば当然である。着ていた服は裂けて足元に散乱し、彼自身は素っ裸になっていた。

「うわあぁっ」

「これでも着ておけ」

顔を赤くしたり青くしたりして慌てる正路に、司野はバサリと自分のロングコートを着せかけた。

正路がそれを羽織り、どうにか人心地ついたところで、早川が張った結界を破ったらしきカギロイが、二人に歩み寄ってきた。

役目を終えた早川は、スッと三人から距離を置く。カギロイと戦うすべを持たない以上、近づき過ぎないのは賢明な行動だ。

司野は、正路を守るように、その前にスッと立つ。そんな司野に、カギロイはやれやれというようにキザに肩を竦《すく》めてみせた。

どうやら今夜は、一戦を交えるつもりはないようだ。

「とんだ茶番を見せられて、もう今夜はお腹がいっぱいだよ。とはいえ興ざめもいいところだ、辰巳司野。おかしな人間まで味方につけて、妖魔の誇りをどこへ捨てた」

それでもきっちり煽《あお》ってくるカギロイに、司野は冷淡に、しかし怒りを込めて言い返す。

「黙れ。お前が何をするつもりかは知らん。だが、俺の下僕に手を出した落とし前はつけさせて貰《もら》うぞ。そのための手段は選ばん」

司野の迷いのない言葉に、カギロイは鼻白んだ様子で美麗な顔を歪《ゆが》めた。

「はっ。人間の手を借りるような妖魔くずれに、何ができるものか。せいぜい、指をくわえて見ておいで。すべてをやり遂げた暁には、お前の目の前で大事な下僕を引き裂いて喰《く》らい、祝い膳《ぜん》としよう。ではね、司野」

「カギロイ……ッ！」

司野が一歩踏み出すより早く、カギロイの姿は消えていた。

「よくやったとは言ったが、よくもやってくれたな。何故、打ち明けなかった！」

司野に叱られ、正路はヒュッと首を竦める。

「ごめんなさい。言えば、止められると思って」

「当然だ！　主《あるじ》を出し抜いた上に、試したな！　間に合わなかったら、お前は死んでいたぞ。お前が結界を抜け出したことに気づき、そこへ早川が、お前の様子がいつもと少し違っていたからと迎えにきた」

正路は、驚いて、ようやくこちらへやってきた早川を見た。

「わたしがまた明日《あした》と申し上げたときに、いつものように『明日』と返してくださらなかったので。考え過ぎかと思いましたが、一応」

「……すごい。それで早川さん、司野と一緒にここへ」

「はい。術者のサポートは、エージェントの務めでございますから」

早川は笑顔でそう言って一礼すると、二人にそっと背中を向けた。

そんな彼の配慮に感謝しつつ、正路は司野と向かい合った。

「ありがとう。司野なら、きっと来てくれると思ってた」

素直な信頼の言葉に、司野の顔が、さっきとは違う方向性で……今度は明らかな照れで歪む。

しかし、何か言い返すかと思いきや、司野が声をかけたのは、遠慮がちに佇《たたず》むエージェントだった。

「早川！　もう一度結界を張れ。弱くても構わん」

振り返った早川は小首を傾げる。

「はあ、それならばようございますが、何かまだ……？」

「仕置きだ」

そう言うなり、司野は正路が羽織るコートの襟をガッと摑《つか》み、そのまま地面に引き倒した。

「うわッ！」

地面に両膝《りょうひざ》をつき、尻《しり》だけを突き上げた体勢になった正路のコートの裾《すそ》を跳ね上げると、司野はいきなり、正路の剝《む》き出しの尻を平手で打った。

カギロイと違い、ある程度の手加減はしているはずだが、とはいえ素肌に妖魔の腕力である。

強い痛みに、正路は悲鳴を上げた。

「痛いッ、痛いよ、司野！　黙ってたのも試したのも悪かったけど、でも、こんな」

「うるさい。子供を叱るときは、尻を打つのだと辰冬が言っていた。さっきまで五歳児だった奴を叱るには、これで十分だ！」

「も……もしかして、司野も辰冬さんにお尻を？」

「やかましい！」

ビシバシと、ほぼ裸で尻を打たれつつ、正路は司野の照れ顔を見上げ、噴き出してしまいそうになった。

「叩《たた》かれたんだね。僕とお揃いだ」

「うるさい、仕置きをしているのに笑うな！」

「だって」

誰も近づけない、外に音が漏れることのない結界の中に、司野と正路の声だけが響く。

そんなことのために結界を維持させられているのか……などと無粋なことは言わず、早川は、主従の戯れのような「仕置き」を、ただニコニコと微笑ましげに見守っていた。

エピローグ

「真っ直ぐ持って帰ってくださいねぇ」

そんな言葉と共にガラス張りのカウンターの上に置かれた紙袋を、正路は「わかりました！」と返事をしながら、両手でそっと引き寄せた。

紙袋の中には、ホールケーキが収められた紙箱が入っている。

思わず紙袋の口のあたりに顔を寄せると、生クリームの優しい香りがフワッと漂った。

今日は、クリスマスイブだ。

そうはいっても、正路は浪人生である。浮かれている場合ではない。

朝から予備校の冬期特別集中講義に参加し、午後五時過ぎまでみっちりと勉強してきたところだ。

（本当に、元の姿に戻れてよかった。ずっと五歳児のままだったら、大学受験なんてとてもできなくて、僕にとっては大事な決断も、意味がなくなるところだった）

大事そうに袋を提げて、正路は店を出た。

辺りはもう暗いが、そのおかげで、通り沿いの店の灯《あか》りがより明るく感じられ、ガラス越しに見えるクリスマスの飾り付けが、心をウキウキさせてくれる。

思えば、子供の姿に変えられ、家の中でただ司野の帰りを待つだけだった日々、考える時間だけはたっぷりあった。

正路はひとりぼっちで、元の姿に戻れたらあれをしよう、これもしなくては、とあれこれ考えることで、自分の沈みがちな心を奮い立たせようとしていた。

そのうちの一つが、自分の進学問題についての決定だった。

高校卒業後、ずっと農学部を志望して受験勉強を続けてきた正路だが、それは、農業に従事している祖父母や両親の役に立ちたいという思いからだった。

幼い頃から身体が弱く、今も頑健という言葉にはほど遠い体格の正路である。一人っ子、つまり昔ながらの言葉で言うなら跡取りであるにもかかわらず、農作業をろくに手伝えない自分自身に、ずっと負い目を感じてきた。

せめて、学問として農業を学ぶことで、遠回りではあるが、何らかの形で家業に貢献できるのではないか。そう考えたのである。

だが今年、正路の実家では大きな出来事があった。祖父と父の健康上の懸念から、農地の大半を手放し、専業農家を辞めることになったのだ。

祖父は趣味程度に、自宅で食べる野菜や米を細々と作り続けることになり、父は知り合いの会社に就職した。

つまり、正路が農学を修める理由が、スッと消滅してしまったのだ。

もともと、理系の勉強が自分に向いていないことに、この二年の浪人生活でうすうす気づいていた正路の気持ちは、大きく揺れた。

まして今は、司野に学費を出してもらっているという特殊な事情もある。

必要性がなくなったのなら、スパッと大学進学など諦《あきら》めるべきではないか。司野が経営する「忘暁堂」の仕事を手伝いながら、何か自分のやりたいことを探したほうが建設的なのではないか。

実家の廃業の報《しら》せを聞いて、正路はそんな風に思ったが、司野の見解は違っていた。

学びは、それが何であっても無駄にならず、何が将来、役に立つかわからない。だから、今すぐ予備校を辞める必要も、受験勉強を中断する必要もないと。

ただ、自分の将来は、他人のためでなく、自分のために選び、決めろ。

選択したこと、しなかったことを、他人のせいにするな。

司野は、正路が自分の心に対して誠実でなかったことを指摘し、叱咤《しった》激励してくれた。

今でも、そのときの司野の声を思い出すと、正路の胸はカッと熱くなる。

自分の人生に、自分で責任を持つこと。

それを考え続けた正路は、やはり、区切りを設定しようと思い立った。

次の大学受験で、農学部への挑戦は最後にしようと決めたのである。

今日、予備校の担任にそれを告げて、正路はようやくスッキリした気持ちになれた。

「まあ、そうだね。それがいいかもしれないね。でもまあ、頑張って」

むしろホッとした顔で担任にそう言われたときは少し傷ついたが、彼がそう言いたくなる気持ちも、自分の成績の伸び悩みぶりを思えば理解できる。

（最後だからこそ、全力で臨もう。いや、これまでだって精いっぱい頑張ってきたつもりだけど、それ以上に。予備校に通わせてもらったことが、無駄にならないように）

そんな決意を胸に、正路は家路を急いだ。

「ただいま帰りました！」

正路が帰宅すると、とっくに「忘暁堂」の営業は終了し、店主である司野の姿は台所にあった。

相変わらず返事はないし、司野は正路に背を向けたままだが、そんなことはもはや気にもならない正路である。

冷蔵庫にケーキの箱を入れると、大急ぎで急な階段を駆け上がって自室に戻り、部屋着に着替えて手を洗い、また台所に駆け戻った。

「担任の先生と話してたから、ちょっと遅くなってごめん。何を手伝えばいい？」

するとと司野は、揚げ物をしながら、チラと正路の顔を見て、ニコリともせず言った。

「できた料理を皿に……ああいや、その前に、ワインを供えておけ」

一瞬、何を指示されたかわからなかった正路だが、すぐに笑顔になって、「わかった！」と言ってから、「あ、でも僕、ワインボトルのコルク栓なんて、開けたことないや」と立ち尽くした。

司野は、長い菜箸《さいばし》を持ったまま、こともなげに言う。

「そんなものはない。グラスに注ぐだけでいい」

「そうなんだ？　わかった」

正路は頷《うなず》いて、水屋の、いつもは開けない戸棚を開けた。そこには、先代夫婦がおそらくは来客用に使っていたのであろう、縁が金箔《きんぱく》で彩られた、いかにも古風で上等そうな食器セットが収められている。

その脇に収められている小振りなワイングラスをまずは一脚、正路は卓袱《ちゃぶ》台《だい》に運んだ。

なるほど、テーブルには、赤ワインとおぼしきボトルが一本置いてある。

その特徴的なラベルを見て、正路は「ああ！」と相好を崩した。

それは、実家の祖母が愛飲していた「赤玉スイートワイン」だったのである。

昔からある、今の赤ワインとはまったく違う、鮮やかな赤色としっかりした甘みのあるアルコール飲料だ。

祖母は「血の巡りがよくなって、気持ちよく眠れる」と言って、夕食時、この赤玉ワインをごく小さなショットグラスに注いで、ちびちび舐《な》めるように飲んでいた。

幼い頃の正路は、それがあまりに旨《うま》そうで、憧《あこが》れたものである。

毎晩見ていた「黄色地に赤い円」が描かれたシンプルなラベルが、いかにも懐かしい。

「大造さんとヨリ子さんも、これを飲んでたの？」

正路が訊《たず》ねると、司野は振り返らず、ボソリと答えた。

「クリスマスのときだけ、特別な飲み物だったんだね。僕の祖母も毎日少しずつ飲んでて、ヨリ子さんが嬉《うれ》しそうに買ってきた」

「へえ。大人になってから、少しだけお相伴したことがあるよ。甘くてジュースみたいだった。司野はこれ、好きなの？」

「特に感慨はない。こういうものかと思って、勧められるがままに飲んだだけだ」

「そっか」

正路はニッコリして、ただそう言った。

先代夫婦のクリスマスの習慣を覚えていて、わざわざこの一本を選んで買ってきたのだ。そして、最初の一杯を、二人の写真に捧《ささ》げようとしている。

この事実以上に、司野の本当の想いを物語るものはない。

（大切な思い出に、僕も加わらせてくれて、ありがとう）

心の中で感謝して、正路はルビー色の美しい液体を、繊細なグラスに注いだ。そして、いつもは茶の間の簞笥《たんす》の上に飾られている大造とヨリ子の写真立てを持って来て、卓袱台の上に置いた。

その前にワイングラスを置き、正路は、ごく自然に手を合わせて目を閉じる。

短い感謝の祈りを捧げ、正路は司野の手伝いをすべく、台所へ戻った。


「じゃあ……えっと」

卓袱台にご馳走《ちそう》をすべて並べ、いつものように司野と差し向かいで座り、さて、乾杯を……とグラスを持ち上げたところで、正路は口ごもってしまった。

挨拶《あいさつ》の習慣がない司野だ。乾杯の音頭など取ってくれないだろうと自分から切り出してみたものの、正路もまた、みずから乾杯を仕切った経験などない。

まして、リアルに「メリークリスマス」などとは、実家でクリスマスを祝っていた子供時代ですら言ったことはなかった。

家族全員、何となく「じゃあ、まあ」といった曖昧《あいまい》な言葉を口々に発して、グラスを合わせていたりしたものだ。

グラスを中途半端に掲げたまま口ごもる正路を、司野はむしろ怪訝《けげん》そうに見た。そして、無言で自分のグラスを持ち上げ、正路のそれにごく軽く当て、そのまま流れるように一口飲んだ。

「……あ」

(乾杯、それでいいんだ)

正路は拍子抜けし、同時にホッと胸を撫《な》で下ろした。

司野にとって、乾杯は、文字どおり杯を干すための儀式に過ぎず、そこでどんな言葉を口にしようと意味のないことなのかもしれない。

「……いただきます」

とはいえ、自分も無言で……というのはむしろ気持ちが落ち着かず、正路は小声でそう言ってから、自分もグラスに口をつけた。

大造とヨリ子にはワイングラスで供したが、司野と正路の手にあるのは、ちょっと上等な薄手のロンググラスだ。

スイートワインはその名のとおり甘みが強いので、正路は、食事のお供にしやすいようにと、冷蔵庫にあった炭酸水で割り、レモン果汁を少し加えることにした。

すると司野が、自分もそれでいいと言いだし、結局二人してカクテルめいたものを飲むことになったのである。

「うん、さっぱりして美味《おい》しい。司野はどう？　濃さとか、大丈夫？」

「何ら問題はない」

ぶっきらぼうに答えて、司野はもう一口飲んでから、グラスを置いた。どうやら、気に入ったらしい。

「それにしても凄《すご》いご馳走だな。司野ひとりで用意してくれたんだね。ありがとう！」

クリスマスの料理に箸《はし》をつける前に、正路は居住まいを正して頭を下げた。だが、司野はこともなげに言葉を返す。

「ヨリ子さんも死ぬ前年まで、ひとりでこのくらいの量を作っていた。妖魔《ようま》の俺にとっては、朝飯前だ」

そんな謎の対抗心を可笑《おか》しく思いつつも、正路は小首を傾げた。

「でも司野、ヨリ子さんの晩年は、お料理を手伝ってた、っていうか、代わりにやってたんだよね？　ご馳走作りも、やっぱり手伝ったんじゃないの？」

すると司野は、何とも不可解そうな顔つきと声でこう言った。

「いや。勝手に決めた俺の誕生日の夜の飯は、最後までヨリ子さんがひとりで作った。『子供』が主役なのに、パーティの前にご馳走の内容を知ってしまっては可哀想だと。くだらん感傷だが」

「くだらなくなぁい！」

正路は、思わず大きな声を上げてしまった。

さすがの司野も、少しは驚いたのか、鋭い切れ長の目をわずかに見開く。

「何だと？」

「全然くだらなくない！　ヨリ子さんが、司野を本当の子供だと思ってた証拠じゃないか。ご馳走で喜ばせてあげたい、それって素敵なことだよ。僕が司野の代わりに泣いちゃいそう」

「そんなことは頼んでいない」

「頼まれなくても、人は泣きたいときに泣くもんなの！」

やけに強気に言い返し、鼻白む司野に向かって、正路は本当にうっすら涙目で笑った。

「帰ってきたとき、司野がガンガン何か揚げてたから、もしかしてとは思ってたけど」

正路は、ついクスクス笑ってしまいながら、こう続けた。

「フライドチキンを買ってくるのはやめたのに、やっぱり鶏《とり》を揚げたんだね」

二人の前にあるご馳走の主役は、何といっても、二人分としてはあまりにも多い、大皿に山盛りの唐揚げだったのである。

すると司野は、妙に真面目な顔でこう言った。

「クリスマス前夜には、いつも買ってきた揚げた鶏と、それに付随する揚げた芋に、妙にふかふかしたパンに、細切れ野菜だった」

フライドチキンに、フライドポテトに、ビスケットに、コールスロー……と、正路は笑いを噛《か》み殺しながら翻訳する。なるほど、定番の組み合わせだ。

「つまり、揚げた鶏を購入しないとなると、付随する品も消えるわけだ」

「そ、そうだね」

「俺は、祝いの手料理といえば、あとは誕生日のものしか知らん。やむなく再現してみた」

「ってことはつまり、これは司野のバースデーパーティのメニュー？」

「何か、ふさわしくない食い物でもあるのか？」

「ないない、ないです！　凄くいい！　そうか、これが、ヨリ子さんが司野のために用意したお誕生日のご馳走なんだね」

それを知ると、さっきまでただ面白かった唐揚げの山にも、違う感慨を覚える。

「唐揚げ、ポテサラ、マカロニグラタン、一口ステーキ……」

「おそらく、早世した彼らの実の息子に作ってやっていた献立なんだろう」

「……そうか。それで、子供が好きそうな料理が揃ってるんだね」

胸がいっぱいになって、ただテーブルの料理を見回す正路を、司野は素っ気なく促した。

「いいから早く食え」

「なんだか勿体《もったい》ないみたいだけど、じゃあ、ありがたくいただきます。あっ、まずはヨリ子さんと大造さんの分を」

「それは俺がやる」

司野は取り皿を一枚手にすると、そこに料理を少しずつ盛りつけた。

「今年は、正路がうるさいから一席設けた」

そして、そんな言葉と共に、笑顔の大造とヨリ子が寄り添う写真の前、ワイングラスの横に、その皿を置いた。

うるさいと言われた正路は、ささやかに口を尖《とが》らせる。

「僕、そんなに言ったっけ。っていうか、司野ひとりのときはしなかったの、クリスマス？」

司野はムスッとした顔で答える。

「思い出しもしなかった。今年は、お前が一ヶ月以上前からクリスマスクリスマスとうるさかったから、忘れようがなかった」

「そっか。ふふ、そういえば言ってたかも。言ってよかった。大造さん、ヨリ子さん、司野、いただきます」

正路は笑顔で手を合わせ、さっそく、カラリと揚がったきつね色の唐揚げに箸を伸ばしたのだった。

それから数時間後、日付がもうすぐ変わろうという頃、寝間着姿の正路は、司野の部屋にいた。

食事しながらの会話ではなく、きちんと進路についての決心を、司野に報告しようと思ったのだ。

いつものように文机《ふづくえ》に広げた古文書を読んでいた司野は、傍らに正座した正路の話を無言で聞き、「好きにしろ」と一言だけ言った。

「ありがとう」

正路も、素直に感謝して頭を下げる。

「上手《うま》く行ったら、司野が言うように、道が拓《ひら》けたと思って頑張ってみる。もし駄目だったら、気持ちの区切りをつけて、他の道を探ってみる」

「お前が、お前の意志で選ぶ道なら、俺に言うことはない」

司野のぶっきらぼうな、しかし飾らないだけに真っ直ぐ胸に響いてくる言葉が、今の正路には何よりの励ましである。

「うん。僕自身のために、誰のせいにもせずに決める。……あの、読書の邪魔をしてごめんなさい。じゃあ僕、自分の部屋に」

「寝ていけ」

予想外の司野の言葉に、正路はビックリして、片膝《かたひざ》を立てた姿勢のままで固まった。

「えっ？」

やはり古文書に視線を落としたまま、司野はボソリと言った。

「そうやって心を整えたせいか、今夜のお前の『気』は清《すが》しい。浴びてみたくなった」

「……わかった！　歯磨きしてきます！」

思いがけない司野からの誘い、もとい命令に、正路はうっすら頬を染め、司野の気が変わらないうちにと、大慌てで寝支度を始めた。

そして。

いつものように司野の部屋に布団を敷き、二人で枕を並べて横たわる。

正路が大人の身体で司野に寄り添うのは、しばらくぶりのことだ。

「やっぱり、五歳児だったときと違って、ちょっと窮屈だね」

正路は布団の端っこにできるだけ寄り、そう言って笑った。

妖魔である司野の身体は、あくまでも作られた「器」であり、いくら精巧でも体温はない。

布団の中がゆっくり暖まっていくのは、正路ひとりの体温が原因だ。それでも、潜り込んだときは氷のように冷たかった布団が心地よくなっていく過程は気持ちがいい。

互いの腕が触れているのも、何となくすぐったく感じられる。

相変わらず、それが恋愛感情なのかどうか、これまでの経験値が低すぎて、正路には確信できない。だが、司野に寄り添っていると、安心感と共に、「幸せ」という言葉が、正路の胸によぎる。

そして、その感情が特別なものであることは、次第に自分の身体から闇を照らす陽だまりのような「気」が溢《あふ》れ出すことでわかる。

その「気」が自分の全身を包み、やがて司野に流れ込んでいく。それはまるで、世界に一枚きりの特別な毛布を、司野に着せかけているような感じだった。

「ところで司野、ヨリ子さんが設定した、司野の誕生日っていつ？」

正路は、思いきってそう訊《たず》ねてみた。夕食のときは、そんな質問をして、司野の機嫌を損ねたくなかったのだが、やはり気になって仕方がない。

だが、司野は何も言わず、ゴロリと寝返りを打って、正路に背中を向けてしまった。

その反応は予想の範囲内だったので、正路は特に傷つきもせず言葉を継いだ。

「興味本位っていうのも正直あるんだけど、それだけじゃないんだ」

返事はないが、司野の場合、制止されなければ続けて構わないのだと解釈してよさそうだと正路は感じた。

「司野、クリスマスは身内に贈り物をする理由としては根拠がない、祝いに物をやっていい相手はキリストくらいだろうって言ってたよね。確かに一理あるなと思って今年はプレゼントを用意しなかったんだけど、つまりそれって、誕生日ならいいってことでしょ？　司野に、お祝いのプレゼントをしたいと思って」

「……何故だ。大造さんとヨリ子さんも、似たようなことを言った。断ったが」

司野は微動だにせず、短く問いかけてくる。余計な装飾がないむき出しの言葉だからこそ、彼が本当に人間のそうした気持ちを理解できずにいることがわかった。

「大造さんとヨリ子さんの気持ちは代弁できないけど、僕は……そうだな。贈り物をしようと思うのは、その人のことが好きで、大事だと思うからだよ」

「大事に思うと、物品を押しつけたくなるのか？」

「そう言われちゃうと身も蓋《ふた》もないけど……でも、うん、そうだよ」

正路は天井を見上げ、自分の心を正しく伝える言葉を探しながら言った。

「この品物は、あの人に似合いそうだ、使ってもらえそうだ、気に入ってくれるんじゃないかな。そう思いながら選んだものには、付喪神《つくもがみ》ほどじゃないけど、やっぱり何かは宿るんじゃないかな。その何かが、贈った人の力になったら嬉《うれ》しい。……正直、昔はそんなことまで考えてなかったけど、今はそんな風に思う。勿論《もちろん》、それが迷惑だったり、重荷に感じたりするようなら、贈るべきじゃないけど」

司野はどう、と訊ねる代わりに、正路は沈黙した。

拒まれれば引き下がろうと思ったし、司野が答えたくないなら、そのままこの話は立ち消えにさせてしまおう。そんな心持ちだった。

しかし、長い沈黙の後、正路がもう諦《あきら》めて寝てしまおうかと思ったそのとき、ボソリ、と司野が言った。

「五月五日。俺があの夫婦と出会った日だ」

まさかの端午の節句に、正路は暗い部屋の中で、目を丸くした。

大造とヨリ子が、「神仏が息子を授けてくれた」と感じたのは、司野と出会ったのがその日であったことも一因かもしれない。そう思うと、正路の胸がほうっと温かくなった。

「教えてくれてありがとう。絶対忘れない」

広い背中に向かって、正路は囁《ささや》いた。そして、正路の体温で少し温かくなった妖魔《ようま》の背に額を押し当て、満ち足りた気持ちで目を閉じたのだった。

本書は、二〇〇五年五月にイースト・プレス アズ・ノベルズより刊行された『妖魔なオレ様と下僕な僕5』を全面改稿し、改題して文庫化したものです。

妖《よう》魔《ま》と下《げ》僕《ぼく》の契《けい》約《やく》条《じょう》件《けん》 5

榧《ふし》野《の》道《みち》流《る》

令和5年 7月25日 初版発行

発行者●山下直久

発行●株式会社KADOKAWA
〒102-8177 東京都千代田区富士見2-13-3
電話 0570-002-301(ナビダイヤル)

角川文庫 23735

印刷所●株式会社暁印刷
製本所●本間製本株式会社

表紙画●和田三造

●お問い合わせ
https://www.kadokawa.co.jp/ (「お問い合わせ」へお進みください)
※内容によっては、お答えできない場合があります。
※サポートは日本国内のみとさせていただきます。
※Japanese text only

ISBN 978-4-04-113797-0 C0193

◇◇◇

角川文庫発刊に際して

角川源義

第二次世界大戦の敗北は、軍事力の敗北であった以上に、私たちの若い文化力の敗退であった。私たちの文化が戦争に対して如何に無力であり、単なるあだ花に過ぎなかったかを、私たちは身を以て体験し痛感した。西洋近代文化の摂取にとって、明治以後八十年の歳月は決して短かすぎたとは言えない。にもかかわらず、近代文化の伝統を確立し、自由な批判と柔軟な良識に富む文化層として自らを形成することに私たちは失敗して来た。そしてこれは、各層への文化の普及滲透を任務とする出版人の責任でもあった。

一九四五年以来、私たちは再び振出しに戻り、第一歩から踏み出すことを余儀なくされた。これは大きな不幸ではあるが、反面、これまでの混沌・未熟・歪曲の中にあった我が国の文化に秩序と確たる基礎を齎らすためには絶好の機会でもある。角川書店は、このような祖国の文化的危機にあたり、微力をも顧みず再建の礎石たるべき抱負と決意とをもって出発したが、ここに創立以来の念願を果すべく角川文庫を発刊する。これまで刊行されたあらゆる全集叢書文庫類の長所と短所とを検討し、古今東西の不朽の典籍を、良心的編集のもとに、廉価に、そして書架にふさわしい美本として、多くのひとびとに提供しようとする。しかし私たちは徒らに百科全書的な知識のジレッタントを作ることを目的とせず、あくまで祖国の文化に秩序と再建への道を示し、この文庫を角川書店の栄ある事業として、今後永久に継続発展せしめ、学芸と教養との殿堂として大成せんことを期したい。多くの読書子の愛情ある忠言と支持とによって、この希望と抱負とを完遂せしめられんことを願う。

一九四九年五月三日